藥師少女的獨語
2
illustration
しのとうこ
日向夏
「要多賺一點回來喔。」
梅梅交給貓貓
用大布巾包好的衣物與
整套化妝用品，
送她上路。

當差告一段落的侍女在廚房裡聊天。
「那身打扮太離譜了。」
翡翠宮三姑娘之一
櫻花
嘴裡塞滿了糖。

「妳們不覺得胡服很俊俏嗎？」
貴園的講話方式
穩重大方。
「畢竟那種衣服
不是誰穿都好看的。」
身形瘦長的愛藍這麼說。
貓貓一面嫌麻煩，一面「是是是」地點頭。

玉葉妃 還是一樣
美麗動人。
梨花妃 以從容大方的
神情看著貓貓。
「小女子是本次的
講師貓貓。」
貓貓站到講堂中央，
然後緩緩低頭致了意。

里樹妃顯得有些
恐懼不安。
然後是最後一位嬪妃，
貓貓是初次見到她。
新的淑妃名喚樓蘭，
是個與貓貓同年紀的姑娘。

貓貓穿起僅有的華服，回想起留在記憶一隅的第一個舞步。
放下頭髮，取而代之地在耳際簪上一朵薔薇。
披帛婆娑，裙裳盤旋，兩袖翩翩，髮絲飄搖。
就在她舞弄著披帛時……
她與某個不太好的人物四目相交。
「……」

藥師少女的獨語

INTRODUCTION

名偵探誕生

中世紀宮廷裡的下女逐一解決懸疑案件的《藥師少女的獨語》，在讀者一致好評下，即刻推出第二集。

故事主角貓貓於前一集丟了後宮差事，但在本集獲得了新的容身之處，將再次挑戰懸疑案件。

劇情暢快程度與角色的傲嬌程度大幅提昇三百％！與美形宦官壬氏之間難以言喻的關係更是令人在意，想必會加快您翻閱書頁的速度。

眾所期待的第二幕揭開序幕！

藥師少女的獨語 2

日向夏

Kadokawa Fantastic Novels

目錄

藥師少女的獨語

目錄

2

彩頁、內文插畫／しのとうこ

序話

「陛下，此言當真？」

壬氏開口。在他眼前有名男子躺在羅漢床上，蓄著美髯的壯年國君緩緩地點頭。

地點在宮廷內的某處宮殿，雖是小建築，但視野開闊，哪怕是一隻老鼠也別想溜進來。

天子獨自將葡萄酒斟入玻璃酒器，慢慢橫躺到綴以象牙雕飾的羅漢床上。壬氏雖與全國最為尊貴之人同席，卻是一派悠然自適，不過也只到剛才為止——

皇帝一邊撫摸美髯，一邊咧嘴而笑。如果說這副笑容適合以「不好惹」形容，不知是否算是犯上。然而這位無人能敵的至尊，正是如此適合這副笑容。

「那麼，你有何打算？你不是為朕照料花園的園丁嗎？」

聽到這種極具挑釁意味的講話方式，壬氏很想露出苦笑。不過浮現在他臉上的，恐怕是公認能迷倒眾生的天女微笑。雖然這麼說有老王賣瓜之嫌，不過別的不說，壬氏就只對自己的容貌有自信。

說來諷刺，自己真正想要的東西明明遲遲無法入手。是的，自己無論如何努力也只能成為秀才而非天才，終究只比凡人好上一點；然而他只有外貌卻天生就拔群出眾。

這曾經讓壬氏心有不滿，不過他現在已經看開了。既然智謀與武藝都只在秀才之列，那就利用其他天賦異稟的部分——他心想。結果，壬氏成了貌美如花的後宮總管。那媚人的眼神、甜美的嗓音，就盡量利用這些以男兒身來說美得過分的特質吧。

「謹遵聖意。」

壬氏面露雍容華貴但不好惹的笑容，向皇帝行禮。

皇帝將葡萄酒含於口中，彷彿在笑著說：看看你有多大本事吧。

壬氏很明白，自己不過是個孩子，只是在皇帝的巨大掌心上掙扎罷了。什麼事都做。

壬氏必須聽從皇帝強人所難的要求。這是壬氏的職責，同時也是與皇帝之間的賭注。

壬氏必須贏得賭注，這是他能夠選擇自己道路的唯一方法。或許還有其他的方法，但身為凡人的壬氏想不到別的法子。

因此他選了現在這條路。

壬氏舉杯湊向唇邊，以甘甜的水果酒潤了潤喉。

臉上浮現著美若天仙的笑靨。

○●○

「來來，這個也要，還有這個。啊，這個也帶上吧。」

行李一件件地丟過來，讓貓貓退避三舍。

娼妓梅梅匆匆忙忙將胭脂、白粉或衣裳扔給她。她們人在綠青館裡梅梅的房間。

「我用不到這麼多啦，小姐（姊姊）。」

貓貓抓起丟過來的化妝品，直接擺回房間架子上。梅梅見她這樣，一臉傻眼地責備：

「什麼叫用不到？到了那邊，隨便哪個人都用得比這更好，妳也得打扮得像樣一點。」

「只有娼妓才會打扮得漂漂亮亮去幹活吧。」

好想調配昨天採來的藥草喔。貓貓正在東張西望時，一塊木簡飛了過來。這位大姊雖然很會照顧人，但性子有點火爆。

「妳呀，難得有人給妳好差事，妳都不會想替自己打點一下，好配得上職位嗎？世上有些人可是想要妳這地位想要得不得了，妳得每天對這件事心懷感激，否則難得的貴客都要跑掉了。」

「……我知道了。」

老鴇也好，梅梅也好，綠青館的教育方式有一點粗暴。但她這番話很有說服力。

貓貓有些尷尬地拾起木簡，木簡上留有反覆書寫又削掉的痕跡，都發黑了，上面以娟秀的字跡寫著詩歌。梅梅以娼妓而言，已經到了該考慮引退的年齡，但她至今依然傾絕京城，正是因為她文才橫溢。她能詩善歌，又精通圍棋與將棋等等，藉此取悅賓客。她不賣身，是賣藝的娼妓。

「難得在好地方當差，要多賺一點回來喔。」

她不再是方才那個拿木簡扔人的潑辣娼婦，而是變成了溫柔又善解人意的小姐。她用染了指甲的指尖緩緩撫摸貓貓的臉頰，幫她把凌亂的側髮塞到耳後。

貓貓約在十個月前遭人擄走，賣進了後宮當下女。後來經過一番波折，雖然返回了煙花巷，但萬萬沒想到居然又要入宮了。

看在旁人的眼裡，這是千載難逢的幸運。難怪梅梅的眼神這麼嚴肅了。

「……是。」

貓貓乖乖答應後，梅梅面露溫柔大方的和善微笑。

「然後呢，要找個好夫君回來喔，那裡一定多得是富貴大官吧。對了，如果還能順便帶些貴客上門就更棒了。」

不同於剛才那種溫柔笑容，其中夾雜了點陰險。

梅梅小姐嘻嘻發笑，讓貓貓覺得她跟老鴇有幾分相像。娼妓必須要強悍才能求生存，所以或許都是如此吧。

結果，貓貓被迫把衣裳還有整套化妝用品等等塞進大布包帶了回去。她就這樣抱著沉重包袱，搖搖晃晃地回破房子去。

離開後宮半個月後，玉樹臨風的貴人出現在煙花巷的事仍令人記憶猶新。

好事的宦官竟把貓貓半開玩笑的話當真。他在老鴇面前攤開用來代墊債款綽綽有餘的金銀，還貼心地帶了珍貴藥草當伴手禮，不到兩刻鐘（半小時）就在契約上捺了印。

所以，貓貓又要在玉樓金殿裡當差了。

雖然又得丟下阿爹住在宮裡幹活，讓貓貓有點過意不去，不過就契約來看，規則比以前寬鬆多了。

由於不像之前那樣陷入不知身在何方的失蹤狀態，阿爹面露柔和的笑容說：「照妳的心意去做吧。」但他看到契文時，一瞬間表情一沉地看了看貓貓，不知道是什麼原因。

「收到好多東西啊。」

口氣溫文爾雅的阿爹，一邊用大鍋熬藥草一邊說。貓貓把沉甸甸的布包一放，活動一下肩膀。
破房子門窗漏風，即使爐灶生了火還是很冷，貓貓與阿爹加了好幾件衣服。看到阿爹頻頻摩娑膝蓋，大概是舊傷在痛。
「帶不了太多隨身行囊。」
貓貓看向已經打包好的隨身行囊。
（乳缽還有研藥棒都一定會用到，筆記簿也不能沒有。但內衣不能再少了……）
就在貓貓雙眉緊蹙地沉吟時，阿爹把鍋子從爐灶上拿開，來到貓貓身邊。
「貓貓啊，我想這個可能不能帶去喔。」
他將配藥用具拿出了布包外，貓貓目光狐疑地看著阿爹。
「因為妳不是醫官，帶著這種東西過去，可能會遭人懷疑有毒殺企圖……喏，別露出這表情。這是妳決定的事，事到如今不可以反悔。」
「真的？」
貓貓虛軟無力地一屁股坐在泥土地上。看來她臉上的表情明顯到阿爹一看就知道她想說什麼。
「好了，早點弄好就睡覺吧。只要慢慢求得許可，有些東西日後還是可以帶進去的。要是當差第一天就迷迷糊糊的，豈不是有失禮數？」

「……知道了啦。」

貓貓不情不願地把配藥用具放回架上，從人家送她的餞別禮當中挑出幾樣似乎用得上的放進了布包裡。她看著胭脂貝殼與白粉瞇起眼睛，最後只把不占空間的胭脂放進布包。人家送她的東西當中有一件上等棉襖，花樣不是娼妓會穿的那種，可能是把客人忘記的東西拿來送她了。

貓貓看向收拾鍋子，替爐灶添柴火的阿爹。阿爹添完柴火後，用令人心疼的方式走動，然後在只是粗草蓆蓋塊薄布的床鋪躺下。所謂的被子也只有粗草蓆與粗糙衣物而已。

「喏，收好了我就要熄燈了。」

阿爹拿著散發魚油味的燈燭說道。

貓貓打包好後，本來想到房間另一側的床鋪躺好，卻無意間起了個念頭，把粗草蓆一路拖了過來。

「怎麼了，妳很久沒這樣了呢。妳不是說自己已經不是孩子了嗎？」

「哎，天氣冷嘛。」

貓貓有些尷尬地別開視線，將拿來的被褥移到阿爹的床鋪旁邊。的確，她從滿十歲之後不久就開始一個人睡了。不知有幾年沒這麼做了。

貓貓把人家送她的上等衣服蓋在阿爹與自己的被褥之間，然後緩緩闔上了雙眼。她蜷縮起來，像胎兒一樣橫躺著。

「家裡又要變冷清了。」

阿爹口氣仍然溫文爾雅地說。

「不會啊，這次我隨時可以回來。」

貓貓淡漠地回答。

然而她的背碰到阿爹的手臂，感到一絲暖意。

「也是，妳隨時都可以回來。」

滿是皺紋的手摸了摸貓貓的頭。貓貓雖然阿爹阿爹地叫，其實他的容貌比較像是個老婦，而大家都說他的個性像娘親。

貓貓沒有母親，本人說沒有了就是沒有。不過，她有慈祥的阿爹，還有個囉嗦的嬤嬤，也有一群感情熱絡的姊姊（小姐）。

（反正我隨時都能回來。）

貓貓一邊感受著不停撫摸頭髮的枯木般溫暖手掌，一邊睡得香甜。

一話　外廷任職

「小女子還以為會回到後宮呢。」

貓貓此時穿的不是麻料，而是棉布。想到在後宮做雜工時都是規定穿麻料，現在的待遇可真不錯。

「不，既然一度將妳辭退，就不能再輕易地讓妳復職。今後妳將在這邊當差。」

壬氏的貼身侍衛高順為貓貓在宮殿內帶路，沿路將建築物的名稱與部門告訴貓貓。想到宮殿的廣大規模，其數量恐怕用雙手雙腳都數不完。

聽說今後的當差地點不是後宮，而是外廷。簡單來說，就是各種官署林立的官吏職場。而後宮則位處皇族住所，故屬內廷。

「這裡以東的地方武官眾多，請盡量避免前往。」

貓貓一邊點頭，一邊用目測確認庭園裡的植物分布。

（果然還是後宮的藥材比較多。）

想必是以前阿爹羅門待在後宮時，移植了些能用的植物。儘管空間受限，卻生長著多種藥草。

當高順接二連三地介紹時，貓貓發現她的脖子連連感到刺痛。她只挪動視線往斜後方一看，一群在外廷任職的女子正在看著貓貓他們。不，正確來說是瞪著貓貓。

如同有些事只有男子之間感覺得出來，也有些事只有女子之間明白。相較於男子會直接動手傷人，很多女子是工於心計。

大概是在觀察新來的人吧。

（感覺真差——）

貓貓一邊輕吐舌頭，一邊追上走向下個部門的高順。

貓貓的差事與後宮的下女毫無不同。頂多就是按照吩咐打掃房間，偶爾受人吩咐辦點雜務罷了。

本來壬氏打算讓她做的似乎不是這種差事，但沒能實現，因為貓貓沒通過考試。

「怎麼會沒通過？」

（怎麼會以為我考得過？）

壬氏與高順都很吃驚，他們似乎以為貓貓隨便都能考上。

貓貓是在妓院長大所以會寫字，詩歌或二胡也受過最低限度的教育。雖說是考試，但不如科舉那麼難，因此兩人好像以為只要稍微用功一下就能過關。

（對不起喔，我沒及格。）

貓貓把窗櫺擦得嘰嘰作響。這裡是壬氏書房的走廊，構造雖比後宮樸素，但蓋得較高。朱漆牆壁紅得亮眼，看得出來年年都經過重新粉刷。

坦白講，貓貓並不愛念書。對於不感興趣的事物，她的記憶力比一般人更差。藥學以及相關知識也就罷了，學那些經史子集又能如何？法規律令更是不知何時會修訂，就算記住也是白記。

很遺憾，貓貓天生就是沒辦法在這方面努力，考不上是理所當然。

即使如此，她還是翻開了人家事前拿給她的書籍，想試著念念看；但一回神就發現已經天亮了，屢試不爽。

所以沒有辦法。貓貓一邊不住點頭一邊繼續幹活。

（意外地還滿髒的耶。）

想想也是，屋子這麼大，當然會有一些遺漏的地方。但同時貓貓也不禁覺得，或許是有人偷懶。

女官是具有資格才能來到這裡，與後宮東拼西湊的宮女不可相提並論。女官擁有家世與教養，也有著相應的自尊心。大概是不屑學下女做事吧，因此縱然堆了厚厚一層灰塵也不會去掃。

（好吧，畢竟這不在職務範圍內。）

女官比較類似書記官，打掃的確不包括在職務範圍內，也沒這個義務。話雖如此，也不是說就可以不打掃。官奴婢——也就是所謂的奴隸制度，在先帝時代已經廢除，因此雜務都由個人僱用下女、下人打理。

現在的貓貓，成了壬氏的貼身侍女。

別人怎麼叫不知道，不過貓貓都稱後宮當差的女子為宮女，在外廷當差的女子則是女官。也許其實不是這麼分的，但就貓貓所聽到的，壬氏他們似乎都是這樣區別。

（好了，再來是……）

貓貓前往壬氏的書房。這個房間寬敞但不奢華，構造精簡。屋主似乎是個大忙人，一旦外出就會久久不回書房。這讓貓貓打掃起來容易許多，但有一個問題。

「妳以為妳是誰啊？」

她一回神，才發現自己被一群陌生女官纏上了。這群女官每一個都比貓貓高大，其中甚至有人高出她一個頭。

（飼料吃得好，長得也比較壯呢……）

貓貓除了看個頭，眼睛也忍不住看往對方的胸部。找她麻煩的人個頭很高，相對地發育得也很好。

「喂，妳有沒有在聽啊！」

貓貓想入非非了一會兒，結果更加惹惱了眾女官。

簡單來說，這幾名女官生氣的理由，是不明白貓貓怎麼能直接在壬氏底下當差。問這種問題也沒用，貓貓是受僱之身，無從回答起。

假如貓貓具有玉葉妃那種胡國公主的異國情調、梨花妃的豐滿體態，以及白鈴小姐那樣的撩人魅力，想必誰都不會有意見，有也不敢說出口。

然而貓貓是個又瘦又小，一副寒酸相，滿臉雀斑有如雞肋的生物。

這似乎讓她們相當不愉快。貓貓待在俊美宦官閣下的身邊讓她們看得非常不順眼，恨不得能由自己取而代之。

（嗯——怎麼辦呢？）

貓貓不算是伶牙俐齒的人，常常只是心裡想著，嘴巴沒動。但一直閉著嘴，恐怕也只會火上加油。

「也就是說，各位是在嫉妒小女子嗎？」

貓貓開門見山說出的話，完全足以觸怒她們。等到挨了一巴掌，她才發現自己果然講錯話了。

周圍共有五名女官，貓貓想避免遭受私刑。然而她們一步步將貓貓逼進不容易被旁人看到的走廊深處。

不得已，姑且找個藉口吧——貓貓心想。

「莫非妳們認為總管特別照顧小女子？」

女官的臉孔更加扭曲起來。貓貓趁還沒再挨一巴掌前，接著說道：

「這是絕對不可能的，那位天女一般的大人，不可能會搭理小女子這種醜女。」

貓貓低垂著頭娓娓道來的話語，讓滿腔怒火的女官臉頰抽搐了一下。

看來似乎可行，貓貓接著又說：

「各位心中的貴人會這麼飢不擇食嗎？眼前明明放著鮑魚或山豬肉，怎麼會想到去吃削掉了肉的雞骨？哎呀，假如是這樣，那癖好可真是太特殊了。」

可能是因為貓貓特別強調「癖好特殊」的部分，這四個字讓女官身子又抖動了一下。

「小女子不清楚，但像他那樣笑靨與美貌宛若神仙中人的大人，會有這般特殊癖好嗎？原來是這樣呀，**特殊癖好**……」

「當……當然不會有這種事了！」

「對呀，就是呀。」

女官開始嘰嘰喳喳起來。貓貓以為成功了，然而其中一人仍在用懷疑的眼光看著她。

「可是若是如此，大人怎麼會僱用妳？」

比其他人冷靜的一名女官開口。這名女官個頭最高，五官清秀。這時貓貓才想起來，只有這名女官從剛才到現在始終平靜自若。她與眾人保持半步距離，乍看之下像是與其他女官一同起鬨，但也像是在觀察情況。

大概是屬於雖然嫌麻煩，但總之先加入朋黨再說的那類人吧。

（好吧，假如這樣還不能敷衍過去……）

「這就是理由。」

貓貓舉起左手撩起了袖子，慢慢掀開從手腕包到手肘的白布條。「噫！」一名女官叫出聲來，布條底下是怵目驚心的傷痕。其他女官也都一臉無言以對的表情。

（上次做過燙傷藥的實驗，所以皮焦肉爛的。）

養尊處優的千金小姐看了一定覺得很噁心。

「美若天仙的大人連心地都如天女般善良，連小女子這樣的人都願意施捨一個飯碗。」

貓貓一邊重新纏好白布條一邊說。她目光悄然低垂，還不忘讓身體微微顫抖。

「……走吧。」

女官覺得掃興，紛紛離去。只有那個高個子女官一個人略瞄了貓貓一眼，但隨即回自己的工作崗位去了。

（總算結束啦。）

貓貓一邊把頸部關節轉得喀喀作響，一邊重新握好抹布。她正打算移動到下個地方重新開始打掃時，發現貌美宦官把頭抵在牆上呆站不動。

「壬總管這是在做什麼？」

「……沒事。先別說這個，妳經常被人像那樣糾纏嗎？應該說妳方才為何舉起左手？」

「不要緊的，應付起來沒有後宮宮女費事。話說回來，總管為何擺出這種姿勢？」

貓貓故意忽視對左手的疑問。從壬氏的位置似乎看不見傷痕。

貓貓覺得貴人不太適合擺出這種姿勢，在他身後待命的高順也一副頭痛的樣子。

「那麼，小女子要去下個地方打掃了。」

既然壬氏已經回來，就不能打掃書房了。貓貓準備去其他地方。

當貓貓提著水桶離去時，壬氏用宛轉動人的聲音脫口講了句：「特殊癖好……」

（我那樣講應該不算難聽。）

就算方才整個經過被壬氏瞧見了，反正自己問心無愧。貓貓繼續勤奮地做她的清掃差事去了。

（冬季果然比較少。）

貓貓在自己房間裡盤腿而坐，雙臂抱胸沉吟。白天她趁著當差的空檔搜集而來的藥草少得可憐，完全不夠用來調藥。不得已，她只好將藥草洗乾淨，擦乾後掛在房間牆上靜置著。

自從來到外廷後，貓貓成天都在做這種事，把房間弄得古裡古怪，到處掛滿曬乾的草。以住在宮裡的下女而言，她分配到的房間算是很漂亮了，但畢竟就是狹窄，大小跟她在後宮分配到的房間沒兩樣。

即使如此，在翡翠宮只要獲得許可就能使用廚房，而且材料豐富可以立即調配，所以沒有如今的房間這麼占位子。

（要如何運用這個呢？）

貓貓望著小心翼翼放在箱籠上的桐盒。以絲線綁好的盒子裡面，裝著以蟲為種子生長的草。這是壬氏來到煙花巷時跟金銀一起帶來的，稱為冬蟲夏草。

貓貓一見此物，二話不說就在書契上簽了名，現在想想或許略嫌輕率。但她不可能戰勝對這種難以形容的詭異植物的欲望。

貓貓打開盒蓋，一看到裡面的冬蟲夏草，就忍不住眉開眼笑。她笑得邪門，臉頰詭異地連連抽搐。

（不好不好。）

日前她直接歡呼出聲，結果隔壁再隔壁的房間住戶跑來踹門抗議。說是叫她不要大半夜發出怪叫，吵得人不得安眠。

貓貓用指尖揉揉鬆弛的臉頰後，躺到了床上。下女一大清早就得起來幹活，必須在雞鳴之前起床。侍奉的主子雖然失去了至寶，但仍是風姿瀟灑的顯貴之人，貓貓惹不起。

貓貓在單薄的被單上蓋上好幾件衣服，闔起了眼瞼。

「現在的房間會不會太小？」

手神俊美的宦官一邊吃粥當早膳一邊問。聽到壬氏這麼說，貓貓眨了一下眼睛。

「對小女子這樣的下女來說已經夠好了。」

其實她的真心話是「是的，很小。如果可以，我希望能搬到靠水井、有爐灶的房間去住」，但不能說出口。即使是貓貓也明白這個道理。

「真的？」

「……」

剛起床沒多久的宦官，有些衣衫不整地享用著早膳。只簡單束起的一頭亂髮醞釀出無謂的撩人魅力，真讓人傷腦筋。

貓貓很能明白這個宦官的房間裡為何除了自己之外，只有高順以及另一位初入老境的侍女在了。

女子的話會中了這種魅力的毒不支昏倒；男子的話恐怕會無視於性別藩籬，直接壓倒他吧。實在是位造孽的大人。

（總覺得好像發情期的昆蟲喔。）

有些雌性昆蟲為了吸引雄性，會散發不可思議的氣味。受到此種氣味引誘，一隻雌蟲能引來幾十幾百隻的雄蟲。貓貓為了收集入藥用的昆蟲，也利用這種特性捉過蟲子。

這麼想來，他這種特性或許挺令人感興趣的。

（收集他的體香做成香料搞不好可以賣錢。）

貓貓忍不住用這種觀點看了看媚藥材料……更正，是壬氏。這是她的壞毛病，一想到其他事就會恍神，導致她常常跟不上其他人的話題。而且她明明沒在聽，卻會好像有在聽似的上下點頭，所以更容易把人弄糊塗。

「只要妳願意，我可派人為妳準備新房間。」

（啊？）

壬氏莫名其妙一副滿意的表情，叫水蓮給他再添一碗粥。水蓮是能夠侍奉壬氏的少數侍女之一，外貌看起來早已年過五旬。水蓮維持著和藹的神情，把粥盛進一只新碗裡，淋上烏醋端給了他。

雖然搞不太懂，總之好像是要替自己準備更好的房間。貓貓才剛弄明白，就跟以手扶頭的高順對上了目光。這個總是一臉疲倦的勞碌命似乎有話想告訴貓貓，但貓貓只是皺了皺眉。

（有話不明講我怎麼知道？）

貓貓雖然這麼想，但自己很多地方也常常詞不達意，沒資格說別人。

「那麼，願能移到附近有水井的馬廄。」

貓貓不小心說出了心裡的欲望。

「……馬廄嗎？」

「是的，馬廄。」

貓貓認為在馬廄的話，就可以不受人打擾地盡情煎藥，然而高順一邊搖頭一邊用雙手比了個叉叉。看不出來這個大叔還滿逗趣的——貓貓心想。

「馬廄不行。」

「……」

嗯，我想也是。貓貓一邊這麼想，一邊表示她明白了。

壬氏用完早膳就去處理公務了。壬氏上午經常會待在書房，因此貓貓的主要差事就是打掃這棟樓房。

「妳能來真是幫了我一個大忙，到了這把年紀，打掃這麼大間屋子實在吃力呢。」

水蓮快活地笑著對貓貓說。在貓貓來到這裡前，似乎是她一個人在照料這棟大樓房。然而年過五十之後，身上開始出現一堆毛病。

「是有找過幾次新的姑娘來，不過嘛，發生了一些事，都做不久。就這點來說，小貓似乎不要緊呢。」

由於高順都是這麼叫貓貓的，因此這位看起來好脾氣的侍女也這麼稱呼她。

這位侍女不但能言善道，經驗老到因此做事動作快，而且雙手從不閒著。她眨眼間就把銀製食器一一擦好，結束之後就換打掃地板。由於這些怎麼看都是下女的工作，貓貓阻止過她，但她說：

「這樣中午之後的事可能會做不完的。」

據說自從以前僱用的下女或侍女做出某件事之後，房間全都是由水蓮來打掃。

（竊盜嗎？）

就連貓貓都很容易想像得到，偷的大概不是錢。

照水蓮的說法，有時東西不只是減少，還會增加。

「看到櫃子裡出現不曾看過的內衣，誰都不會舒服的。」

而且內衣還不是用線縫的，而是人的毛髮。據說還一針一針繡了人名。

聽到此種超乎想像的答案，貓貓不由得起了一身雞皮疙瘩。

「……真是不容易。」

「是呀，不容易。」

那個宦官乾脆戴著面具過日子好了——貓貓一邊勤奮地擦窗櫺，一邊心想。

打掃完壬氏的私室，吃過稍遲的一頓飯後，接著就要打掃書房。老實說，書房的結構比私室更樸素，因此打掃起來很輕鬆。但是因為不便在大人物面前用抹布擦東擦西，所以要隨時注意周圍有無旁人。

（今天要做什麼好呢？）

當壬氏的書房有訪客時，貓貓就清閒了。在這種時候，她大多會假裝有事在身，在外廷內散步。

（西側大致上都逛過了吧。）

貓貓在腦中攤開地圖。如果可以，她很想到東側走走看看，但總覺得有點猶豫。東側有軍府，一個下女在那種武官聚集的地方偷偷摸摸地拔草似乎不太像話。貓貓擔心會被錯當成密探押入大牢，高順也警告過她。

（再說，講到軍府……）

貓貓不小心露出了臉部所有肌肉都在抽搐的表情。有個原因讓她排斥到這種程度，但另一方面，她也在期待還沒散步過的地方說不定會有珍稀藥草。

就在她雙臂抱胸沉吟時，後腦杓感到一陣衝擊。

（怎麼了？）

貓貓按著後腦杓，一臉詫異地轉頭一看，眼前是一名神色自若的高挑女官。

（好像在哪裡見過……）

貓貓想起了幾天前纏著自己的那些女官的長相，眼前女子便是其中一人。

此人雖然只化了最低限度的妝，不過眉毛畫得整整齊齊，成了一大特徵。明明擁有豐厚的雙唇，胭脂卻只塗了細細一條線。五官端正卻有點美中不足。

（這樣化妝真是糟蹋了臉蛋。）

骨架與本身姿色都無可挑剔，卻因為妝化不好而變得略嫌土氣。假若將眉毛畫得再纖細柔和些，嘴唇塗滿淡雅的胭脂，再將頭髮綰成華麗的髮型，想必能成為名列後宮百花的出眾美人。

這是因為貓貓長年觀察過髒兮兮小丫頭變成春宵蝴蝶的模樣，培養出了審美眼光才看得出來；大多數的人想必都看不出她作為美女的天分。

「前方應該不是妳可以擅闖的地方。」

她用略顯有氣無力的聲音，說出了極其合情合理的話來。但貓貓覺得既然要講，大可以在打人之前先講。

女官就像在說「我沒更多話好跟下女說了」，逕自走過貓貓面前。她手裡有個布包，小心翼翼地抱在懷裡。

（嗯？）

貓貓抽動了一下鼻子，氣味當中除了檀香的香味之外，還帶有一點獨特的苦味。

她不解地偏著頭，看看女官的來時方向。

（是武官的貼身侍女嗎？）

女官是從軍府那邊過來的。的確，假如要在軍府出入，化不起眼的妝才是聰明做法。雖不至於像煙花巷的後巷那麼誇張，不過一位美女最好還是別在血氣方剛的武官身邊走來走去比較好。

話說回來，剛才那是什麼味道？貓貓正在思索時，鐘聲響了。

（今天就算了。）

貓貓掉頭原路折返，決定回壬氏的書房去，同時希望主人最好不在家。

二話　菸管

丰神俊美的貴人壬氏比貓貓所想像的更忙碌，她以為既然是宦官，應該只負責後宮事務，想不到似乎也做外廷事務。

壬氏板起面孔瞪著文書，貓貓在房間角落撿拾廢紙。她聽說壬氏今天一天都會窩在書房裡，不得已只好打掃屋內。

上等的紙張上寫著無聊透頂的法案，這些都是因為不值一讀而變成了垃圾。無論是多麼無聊的法案，變成廢紙的紙就是不能回收利用，必須燒掉。

（可惜了，要是賣掉的話可以賺零用錢。）

貓貓雖然打了一下歪主意，但勸告自己這是工作，還是決定拿去燒了。從壬氏的書房走出去，在廣大宮廷內的一隅，軍府的訓練場與倉庫等處附近有垃圾焚化場。

（軍府啊……）

老實講貓貓不是很想去，但沒辦法。她告訴自己這是工作，正要站起來時，一件東西披到了肩膀上。

「外頭冷，請穿上這個吧。」

做事勤奮又貼心的高順幫貓貓加了件棉襖。外面在飄著細雪，聽得見寒風的呼嘯聲。待在放了好幾個火盆的房間裡很容易忘記，其實現在進入新的一年還不到一個月，是一年當中最冷的季節。

「謝謝侍衛。」

真的很令人感激，讓這人屈居宦官地位太可惜了。有沒有加這一件棉襖，寒冷度大有差別。貓貓將手臂穿進素色袖子時，發現壬氏目不轉睛地盯著她瞧；不，與其說是盯著，毋寧說是瞪著。

（我有做什麼讓他不高興的事嗎？）

貓貓偏頭不解，不過壬氏瞪的似乎不是貓貓而是高順。高順可能是注意到視線了，肩膀跳了一下。

「……這是壬總管賜給妳的，我只是把東西交給妳罷了。」

不知為何，高順比手畫腳地說了，聽起來很像在找藉口。

（意思是不許他擅作主張嗎？）

難道給我這種下女一件棉襖，也需要徵求許可？

也真是難為高順了。

「這樣啊。」

貓貓姑且跟壬氏道聲謝，就拿著裝了廢紙的籃子前往垃圾場。

（阿爹要是在這邊也有種東西就好了。）

貓貓嘆了口氣。

外廷明明比後宮大上好幾倍，能作為藥材的藥草卻不是很多，貓貓只能找到蒲公英或艾草等隨處可見的植物。

此外，貓貓還找到了石蒜。貓貓很喜歡把它的球根泡水後食用，不過球根有毒，如果沒把毒素去除乾淨就會導致腹痛。老鴇常常罵她，叫她不要特地去吃那種東西，但貓貓天性如此，沒辦法。

（大概就這些吧。）

冬季本來就比較不容易找到植物，就算再找下去恐怕也採不到更多了。貓貓在考慮是否該偷偷埋點種子。

貓貓在走向垃圾場的路上，發現了一名眼熟的人物。地點稍稍遠離書房林立的樓房，在有著好幾棟灰泥牆倉庫的那一邊。

那是一位相貌精悍的年輕武官，生得一副好好先生的面貌，讓人聯想到大型犬——是李白。腰帶的顏色跟之前不一樣，貓貓察覺到他大概是昇官了。
李白正在跟身旁像是部下的幾名男子談論某件事。
（當差好賣力喔。）
聽說李白每次放假都到綠青館報到，跟見習娼妓喝茶。當然，他真正想見的是白鈴小姐，但是想一親芳澤必須花掉平民半年賺的銀兩。
可憐嚐過天上甘露滋味的男子經常造訪青樓，只願能從簾幕隙縫間看一眼高不可攀的名妓。
可能是貓貓憐憫的目光傳達到了，李白揮著手跑了過來。完全就是隻大型犬，從頭巾散落的一綹頭髮代替尾巴左右搖晃。
「喲，今天是陪嬪妃過來還是幹麼嗎？難得看妳離開後宮。」
李白不知道貓貓的後宮職務遭到解聘，如此問她。由於貓貓回到煙花巷的期間很短，所以沒在煙花巷碰過李白。
「不，小女子是從後宮值勤，變成了某位大人的貼身侍女。」
貓貓懶得解釋解僱的事，於是簡略地如此告訴他。
「貼身侍女？是哪個好事家啊？」
「是呀，口味真的很怪。」

李白雖然講得很沒禮貌，但這應該是正常反應。沒人會特地僱用一個滿臉黑斑的枯木般姑娘當貼身侍女。事到如今，貓貓原本沒有打算繼續化雀斑妝，但如果主人要求也只能聽命——壬氏不知為何，至今仍要求貓貓繼續化雀斑妝。

（那個男的到底想幹麼啊？）

貓貓覺得貴人的想法真難以參透。

「對了，最近好像有個高官替妳那邊的娼妓贖身了喔。」

「好像是呢。」

（會被這麼認為也是無可奈何的吧。）

當僱用契約拍板定案，貓貓準備前往壬氏那邊時，小姐們鼓足了勁把她從頭到腳打理了一頓，讓她穿上珍藏的衣裳，替她綰起頭髮，化了滿臉的妝，想必怎麼看都不像是個新來的下女吧。

貓貓還記得不知為何，阿爹用一種看小牛被牽走的眼神目送著她。

一身娼妓打扮的姑娘進宮已經很奇怪了，再加上壬氏又很顯眼，害貓貓遭人過度注目，如坐針氈。雖然她馬上就換掉了衣服，但已經被不少人瞧見了。

（話說回來……）

本人明明就在眼前，這個男的卻絲毫不覺，繼續講他的話。不愧是笨狗。

「話說回來，大人似乎有事在忙，不要緊嗎？」

「嗯，有點事。」

部下靠近過來，像是在觀察李白的臉色。鬧女荒的低薪武官看到有女子出現，原本顯得很高興，但一看到貓貓就明擺出一副失望的表情。雖然貓貓早就料到會是這種反應，不過還真是有其上司必有其部下。

「起了小火災。在這個季節不稀奇就是了。」

李白用拇指比了比那一棟棟的小屋，可以看到一間燒黑的小屋與潑得到處都是的水。看樣子李白是在調查小火災的原因。

（原因不明是吧。）

聽到這種事還叫人不要插手，真是折煞人了。貓貓輕快地鑽過兩名武官之間，走到小屋那邊去。

「喂，不要太靠近啦。」

「明白了。」

貓貓嘴上如此回答李白，卻在細細觀察建物的周遭環境。龜裂的灰泥牆上沾有煤炭。幸好沒有延燒到周圍其他小屋。

（哦……）

假如這是一場小火災，有幾個疑點。
如果真只是場小火災，為何需要李白出面？讓官階更低的下吏來處理不就得了？
另外，說是小火災，建物的碎塊卻散落了一地，不如說比較近似爆炸。可以想像應該有人因此受傷。
（看來是在懷疑有人縱火。）
假如是隨便一間倉庫被燒也就算了，但事情發生在宮殿內就另當別論。
這個國家大致上還算是海晏河清，但不是所有人都心悅誠服。邊疆民族偶爾會來犯，也不是完全沒有飢荒或旱災。與外國關係似乎算是良好，但不知道能維持多久。屬國當中想必也有不少人心懷不滿。
特別是在先帝時代，每年強徵女子充當宮女的行為，曾經造成農村地帶嚴重缺乏新婦。前代皇帝駕崩至今尚不滿五年，很多人還清楚記得先帝在位時的朝政。
近年來伴隨著當今皇帝的即位，奴婢制度得到了廢止。然而有些商人卻是靠這個做生意的。
「喂，妳在做什麼啊，不是叫妳不准靠近了嗎？」
李白嘟著嘴唇，抓住貓貓的肩膀。
「啊，小女子只是有點好奇。」

貓貓從壞掉的窗戶看看屋內，然後躲過李白的手直接走進去。屋裡堆著燒焦的物品，從掉在地上的薯類來看，應該是座糧倉。薯類燒到不是金黃香酥而是變成了焦炭，實在是糟蹋糧食。

貓貓找找看有沒有其他遺落物品，撿起了掉在地板上的棒狀物。棒子一碰就碎，只留下前端的雕飾部分。

（象牙雕飾？好像是菸管。）

貓貓用手巾擦擦雕飾，盯著它瞧。

「不要到處亂晃。」

李白不免煩躁起來，如此說道。然而貓貓這人一旦開始在意，就無法把事情放著不管。

貓貓雙臂抱胸，試著在腦中架構出一些想法。

爆炸、倉廩，以及掉在地上的菸管。

「妳有沒有在聽啊？」

「小女子有聽見。」

有聽見，只是不打算聽進去。貓貓也有自覺，只能說這種個性真糟。

貓貓走出倉庫後，前往位於反方向的倉庫。倖免於難的物品都堆在這裡。

「發生火災的倉庫裡的東西，跟這間倉庫是一樣的嗎？」

貓貓向下級武官問道。

「是啊，我想是一樣的，不過放在越裡面的東西越舊。」

拍拍細紋布袋，白色粉末就飄飛了起來，裡面似乎塞滿了麵粉。

「這個可以給我嗎？」

貓貓指了指沒在使用的木箱。大概是用來裝水果或類似的物品，構造堅固，密閉性也高。

「應該無所謂吧？妳拿這種東西要做什麼？」

李白有點不高興地偏著腦袋說。

「晚點再向大人解釋。這個我也拿去喔。」

貓貓找到可以當木箱蓋子的板子，拿了過來。她就這樣慢慢收集所需的材料。

「有槌子跟鋸子嗎？還需要釘子。」

「妳到底想幹麼啊？」

「做個小實驗。」

「實驗？」

李白雖然偏頭不解，但似乎敵不過好奇心。儘管還顯得有點煩躁，但好像願意幫忙。

下級武官本來一臉不滿地旁觀，像是在想「這個毛丫頭想做什麼？」，但看到上司推拒不了的模樣，就了然於心地幫貓貓備妥了一切。

貓貓手巧地把準備好的材料做成另一種東西，她用鋸子在木板上開洞，蓋在空木箱上釘好。

「妳怎麼這麼熟練啊。」

李白湊過來看，就像找到玩具球的狗一樣。

「小女子出身貧寒，因此擅長自己動手做缺少的東西。」

阿爹也常做些不可思議的玩意。那位養父年輕時曾在西方留學，能夠追溯記憶，製作出國內無人見過的工具。

「這樣就做好了，還有這個也請分我一點。」

最後貓貓從倉庫的布袋裡拿出麵粉，放進了木箱裡。

「抱歉，請問有火種嗎？」

貓貓說完，李白的一名部下親切地表示可以準備。趁著這段時間，貓貓從水井汲水拿了過來。李白搞不清楚怎麼回事，就坐在木箱上以手托頰看著。

「謝謝大人。」

貓貓接過悶燒著的粗繩後，向李白的部下低頭道謝。講了半天，下級武官似乎還是很想知道現在在做什麼，一屁股坐在稍遠處看著貓貓。

貓貓拿著火種，站在釘了蓋子的木箱前，但不知為何，李白來到了她身邊。

「李大人，這很危險，可否請大人離遠點？」

貓貓直瞪著李白。

「有什麼危險？不就是小姑娘要做點什麼嗎？我一個武官哪裡會危險了？」

看李白拍著胸脯一副很有自信的模樣，貓貓無奈地嘆了口氣。這種類型的人遇到事情要實際經驗過才會懂。

「小女子明白了。這很危險，請大人千萬當心，要立刻躲遠點喔。」

「是要躲什麼啊？」

貓貓不理會口氣狐疑的李白，拉拉坐在一旁的下級武官袖子請他到其他地方去，要他從倉庫後面旁觀。

回來之後，貓貓把火種扔進方才的木箱，然後護著頭跑走了。李白一臉納悶地看著貓貓的舉動。

（明明叫他躲遠點了。）

下個瞬間，箱子噴出火焰，猛烈地燃燒了起來。

「嗚哦哦哦哦！」

李白於千鈞一髮之際躲掉了熊熊燃燒的火柱。躲是躲掉了，但火燒到了搖來搖去的一綹頭髮。

「快幫我滅火——！」

李白因為頭髮著火而驚慌失措，貓貓將事前準備好的一桶水潑在他身上。留下頭髮燒焦的氣味與煙霧，火熄滅了。

「明明說過要大人躲遠點了。」

「……」

她的意思是「這樣你明白我為什麼說危險了吧？」，貓貓看著李白。

看到李白開始流鼻水，部下急忙替他蓋上毛皮。他那眼神就像是有話想講，卻啞口無言。

「可否請大人轉告倉庫看守，不要在倉庫抽菸？」

貓貓將火災的原因告訴李白。雖然只是臆測，但她相信這就是真相。

「……好。」

李白一臉茫然地回答，臉色發青。就算身體鍛鍊得再強壯，不趕快取暖的話必定會染上風寒。明明應該早點回屋子裡取暖，李白卻盯著貓貓瞧。

「這到底是什麼原理？」

他用浮現著問號的臉，問貓貓木箱怎麼會爆炸。李白的部下也是同一種表情。

「原因出在這裡。」

貓貓拿出麵粉，白色粉末輕柔地隨風飄散。

「容易燃燒的粉末……麵粉或蕎麥粉在空中飄飛時，有時會引火燃燒。」

然後就爆炸了，如此而已。只要知道原理，誰都知道是怎麼回事。李白只不過是不知道有這種事罷了。

世界上只有不知道的事，不可思議的事其實少之又少。如果對事情感到不可思議，那不過是因為自己的知識還不夠充足罷了。

「妳竟然連這種事都知道。」

「是的，因為小女子以前常做。」

「常做？」

李白與部下都面面相覷，一副不明就裡的表情。那是當然的了，他們一輩子都不可能在狹窄房間裡滿身粉末地做事。貓貓也是自從把她在綠青館租借的房間炸掉後，才懂得注意這種現象。

（那時候的嬤嬤實在可怕。）

光是回想起來都會發抖，貓貓差點沒被帶到綠青館的頂樓倒吊起來。

「請小心別染上風寒了。不過假如得了風寒，煙花巷一名叫作羅門的男子配的藥方很有效。」

貓貓還不忘打個廣告。李白去見白鈴時搞不好會順便照顧一下生意。由於阿爹一點生意頭腦都沒有，如果貓貓不做這點事，他很可能會把自己搞到沒飯吃。

（比想像中還花時間呢。）

貓貓拿起裝有廢紙的籃子，前去垃圾場，地點就在旁邊。得趕快把廢紙交給下人，早點回去才行——貓貓心想。

（不小心把這帶回來了。）

貓貓發現方才撿到的東西被她放在衣襟裡。是那根菸管，她剛才說不要抽菸，是因為在小屋裡找到了這個。雖然有點燒黑，但品質相當好，以倉庫看守的持有物品來說太奢侈了。

（該不會是很寶貝的東西吧？）

只要把雕飾部分擦乾淨再裝上新的吸嘴，應該就能恢復原貌了。貓貓聽說只有人受傷但沒出人命，所以物主一定是受了傷在休養。也許他會覺得這東西造成火災不吉利，但賣掉的話應該會是一筆不小的數目。

貓貓總之先把被黑煙弄髒的象牙雕飾放回懷裡。今晚得熬夜了——她一邊想著，一邊將廢紙交給了焚化垃圾的下人。

三話　後宮授課

「現在究竟是什麼情況？」

「不知道。」

對於高順的詢問，壬氏冷淡地回答。

地點在後宮內的講堂前。

為了完成嬪妃的職責，現在上級妃子正在聽講。

周圍一些被關在門外的宦官或貼身侍女，都跟壬氏露出相同的表情。

一有祕密大家都會好奇，甚至還有人把耳朵貼在門上偷聽。

裡面究竟在做什麼——

之所以如此引人好奇，原因之一是講師不知為何，是個滿臉雀斑的年輕宮女。

事情的開端要追溯到十天前。

○●○

這天貓貓一樣鼓起幹勁想好好幹活，正在打掃時，穿著睡衣的壬氏目不轉睛地盯著她瞧。

「早膳的話，水蓮大人正在準備了。」

早膳有水蓮一個人準備就夠了，因此貓貓先打掃房間。因為一旦空度時間，就會來不及趁上午做完這棟樓房裡的差事。那位初入老境的侍女還挺會使喚貓貓的。

（我有做錯什麼事嗎？）

要說做錯事，頂多就是偷偷在庭院裡埋了藥草種子罷了，但應該還沒露餡才對；貓貓心裡七上八下。這時，壬氏開口：

「由於新的淑妃來了，後宮想開個班給嬪妃講學。」

淑妃就是四位上級妃子之一，去年才剛有空缺。

「這樣啊。」

貓貓興趣缺缺地回答後，繼續擦地板。她把地板當成弒親仇人似的用力猛擦，這是貓貓成為壬氏的貼身侍女以來，每天的例行公事。

雖說似乎還有其他工作可做，但貓貓一直以來做的都是些下女差事，坦白講，她不知道該做什麼才好。她想「反正只要打掃就對了吧」於是拚了命地做。偶爾壬氏會顯得不滿，但貓貓認為只要他沒吩咐，就沒必要去做其他事。

面對這樣的貓貓，壬氏蹲下來讓視線跟她齊高，手上拿著某種卷軸。

「說是要找個講師。」

「哦，會是誰呢？」

「就是妳。」

貓貓忍不住半睜著眼看著壬氏。即使成為了直屬下女，她還是很難不用冷眼把壬氏視若草芥。壬氏見她這樣，露出難以言喻的表情。

「總管說笑了。」

「誰跟妳說笑了。」

壬氏把手上的書卷拿給她看。

貓貓瞇起眼睛一看，上面寫著對自己有點不利的事。真傷腦筋，若能當作這事沒發生過該有多好。

「喂，不准別開目光。」

「小女子不懂總管在說什麼。」

「妳方才不是看得很清楚了？」
「是總管多心了吧。」
壬氏攤開書卷，指出不利於貓貓的部分。他硬是把書卷塞到貓貓面前，把她搞得很煩。
「這裡不是寫著推薦人的名字嗎？」
「……」
壬氏指著的地方寫著「賢妃　梨花」。
搞砸了——貓貓心想。
「這不關小女子的事。」
她只這樣告訴壬氏，當天就這麼裝傻帶過了，豈料——

翌日，相同內容的書信送到了，這次的推薦人是玉葉妃。
既然不只梨花妃，連玉葉妃的署名信都接著送來了，貓貓實在無法繼續視若無睹，她很容易就能想像到紅髮妃子不懷好意地笑咪咪的模樣。而且連賞賜的金額都沒忘記提出來。
貓貓認命了，雖然唉聲嘆氣，但還是寄了封信給老家，好為了人家交代的差事做準備。說是老家，但不是羅門那邊，而是如同父母般照顧自己的青樓。

數日後，貓貓同時收到了包裹與老鴇開出的所需經費。價碼哄抬得還真多——貓貓雖然這麼想，卻偷補上一條線交給了壬氏。壬氏懷疑地看著數字，但以為大概就是這樣，結果水蓮從旁邊冒出來，笑容可掬地看了看貓貓提出的金額。

「呵呵，好像只有這裡的墨水顏色不一樣呢。」

她從壬氏手中搶走字據，還給了貓貓。

（有一套。）

只要有這位老嬤子在，想對不諳世事的大少爺下手恐怕很難。

不得已，貓貓給壬氏看了原本的價錢。要是連這樣都要殺價，貓貓就得自掏腰包了，幸好他付錢付得爽快。

東西從青樓送來時，貓貓推開高順收了下來。壬氏不知怎地像隻狗一樣心神不定地看著，但貓貓說什麼也不拆封，拿了個推車過來把東西運走。

「需要幫忙嗎？」

高順過來問道，貓貓鄭重拒絕後把東西拿回房間。

壬氏要貓貓拿給他看，但貓貓杏眼圓睜，凝目瞪視了他之後，他就默默作罷了。

貓貓不能讓人看到寶貴的教材，既然要做，就要做得徹底；貓貓已經這麼決定了。

然後到了當天，貓貓久違地踏進了內廷的後宮。不可思議的是，這個充滿女性味道的空間莫名地讓她心靈平靜。

為她準備的講堂相當寬敞，估計可容納數百人。在先帝時代，當後宮宮女人數突然暴增之際，據說是讓未能準備房間的下女睡在這裡，現在幾乎沒在使用。聽說雖然他們覺得是白白浪費空間，但拆掉更浪費。這裡多的是這種建築物。

（要這麼大的空間幹麼？）

貓貓並沒有要教什麼不得了的事，但人潮卻蜂擁而至，不知道是為什麼。而且有很多下女從遠處看熱鬧，聚集於講堂周圍的，主要是中級妃子、下級妃子以及她們的跟班。

看來這次的講課對嬪妃而言還算重要。就某種意味而言，這次授課內容可說關係到社稷的將來，但對貓貓而言，內容卻令她唉聲嘆氣。

「我先聲明，只有上級妃子能參加這場講課。」

聽到壬氏這麼說，有些中級妃子、下級妃子與宮女好像顯得很遺憾，有些則是完全無所謂，能見著壬氏就已經心滿意足了。

看來差不多一半的人都只是來看壬氏的，還有人光聽到聲音就已經心滿意足，嬌弱無力地靠著柱子。雖然看起來太做作而顯得很刻意，但不只是一兩個人這樣，貓貓決定當它是自然現象。

貓貓有時會懷疑這個宦官搞不好是某種妖怪，會散發出奇怪的氣。

由於時間到了，貓貓正打算進入講堂時，壬氏隨後跟了上來。

貓貓忍不住半張著嘴，直瞪著壬氏。

「怎麼了？」

貓貓從背後推著講這種話的壬氏轉換方向後，把他推出了講堂。由於壬氏看起來雖然柔弱，體格卻很結實，光要把他推出去都是件力氣活。

「為什麼不行？」

「因為接下來要講的是不能外傳的祕術。小女子只是領命為娘娘講課，並沒聽說要講給壬總管聽。」

說完，貓貓關起大門，插上了門閂。

貓貓呼地嘆一口氣，環顧講堂之中，只見屋裡包括貓貓在內有九人，分別是四位上級妃子，以及每人一名貼身侍女。

大門外不知怎地吵鬧不堪，大概是因為貓貓把壬氏趕出去的緣故。總覺得好像有人在豎耳偷聽。

貓貓一邊推著推車一邊站到講堂中央，然後緩緩低頭致了意。

「小女子是本次的講師貓貓。」

玉葉妃還是一樣美麗動人，從袖子伸出手來，平易近人地輕輕揮了揮手。貼身侍奉玉葉妃的侍女紅娘半睜著眼，注視著這樣的主子。

梨花妃恢復成了幾乎如同以往的豐滿體型，以從容大方的神情看著貓貓。跟來的侍女一看見貓貓表情就變了，這就多包涵點吧。

里樹妃還是老樣子，顯得有些恐懼不安。大概是除了自己之外還有三位上級妃子，讓她有所顧慮吧。跟來的侍女雖然同樣恐懼不安，但卻試著保護妃子，看起來莫名溫馨可愛。

然後是最後一位嬪妃。

貓貓是初次見到她。

跟在剛才那些上級妃子後面進來的，是個與貓貓同年紀的姑娘。新的淑妃名喚樓蘭，將一頭烏亮黑髮綰到頭頂，用南國鳥禽的羽毛代替髮簪。從服裝看起來會覺得是南國公主，但相貌五官看來卻像是北境出身。貼身侍女也是一樣，貓貓心想那種服裝應該只是個人喜好。

她沒有玉葉妃那般明豔動人，也不如梨花妃那般絢爛奪目。

不同於里樹妃，從年齡來說一定會成為皇帝的妾室，不過目前看來，不像是能打亂後宮和諧的狠角色。

只是光論打扮，倒是花枝招展到了在嬪妃當中顯得格格不入的地步。而且化妝特別強調眼角部位，連原本眼睛的形狀都看不出來，很難想像原本是什麼長相。

（這大概不重要吧。）

貓貓簡單做完自我介紹後，從帶來的物品中拿出教本，一本一本發給嬪妃。

眾嬪妃收下教本後，有的睜大雙眼，有的開心地微笑，有的滿臉通紅，有的皺眉，各有不同反應。

（嗯，我想也是。）

貓貓又拿出了更多用具看看。學生一半是偏著頭不知道用途，四分之一是知道用途，其他人則是猜也猜到幾分，羞紅了臉。

「關於接下來小女子要教導各位的內容，都是只屬於女子園囿的祕術，因此還請諸位嬪妃切勿洩漏出去。」

貓貓如此說完後，請眾人翻到教材的第三頁。

後來過了一個時辰（兩小時），貓貓才結束講課。

（可能有點塞太多了。）

負責講課的貓貓也覺得有點吃不消。她懶洋洋地邁步，拿掉講堂大門上的門閂。

「……怎麼這麼久？」

一派悠然閒適的俊美宦官走了進來，看起來心情有點不好，不知為何左耳與臉頰紅通通的。貓貓沒說「這傢伙竟然給我偷聽」已經算很親切了。
壬氏一進講堂，馬上一臉啞然無言的神情。
「怎麼了嗎？」
「我才想問妳哩。」
壬氏用猜疑的目光看著貓貓。
「小女子不解。」
貓貓只不過是按照吩咐，教導嬪妃在後宮所需的知識罷了。而受教的嬪妃產生了以下幾種反應。
玉葉妃一臉興高采烈的神情，高興地說著「脫離倦怠期」；侍女長紅娘一如平常，一臉疲倦地跟在主子身邊。有時好像還會瞪一下貓貓，不過她沒放在心上。
梨花妃雖然雙頰微紅，但手指在動，像是在複習課程內容，神情看起來心滿意足；貼身侍女漲紅了臉，低垂著頭不住發抖。
里樹妃一邊在講堂角落用額頭撞牆，一邊臉色鐵青地低喃：「辦不到，絕──對辦不到。」在她身旁，最近剛成為侍女長的宮女擔憂地摩娑主子的背。記得她應該是原本負責試毒的那名女子。
樓蘭妃神情漫不經心地望著半空中，貓貓不太明白她在想什麼；貼身侍女不知道該如何處理擱在一旁的教本，羞赧地用大布巾把它包起來。

（愛怎麼處理都行。）

貓貓收拾完東西後，喝人家給她的涼開水喘口氣。雖然很累，總之就期待之後會收到的那筆酬勞吧。

眾嬪妃各自拿著貓貓帶進來當教材的那些東西。有的是小心翼翼地抱著，有的像是在碰什麼噁心的東西；每份東西都用大布巾仔細包好，看不到裡面有什麼，貓貓也拜託過她們不要拿給別人看。

不只壬氏，之前不在講堂裡的其他人，也都用不可思議的目光看著那些東西。

「我問妳，妳方才講授了什麼內容？」

壬氏一問之下，貓貓目光飄遠著說：

「請總管日後詢問皇上的感想吧。」

她如此回答。

關於授課內容，最好還是交給大家自由想像。

四話　魚膾

「小貓，可否占用妳一點時間？」

貓貓做完差事正要回自己的房間時，高順出聲呼喚了她。他的主人壬氏似乎當差一天累了，用完膳正在入浴。

「怎麼了嗎？」

貓貓一問，高順顯得有些困惑地摸摸下巴，隔了一拍後說：

「我有件東西想請妳看看。」

今天的隨從雙眉緊鎖得比平常還要深。

高順給貓貓看的是一份寫在木簡上的資料。他在桌上攤開好幾枚木片連接而成的木簡。

貓貓看了木簡，瞇起眼睛。

「是過去案子的資料啊。」

木簡是十年前的東西了，上頭寫著某個商家發生的食物中毒事件，內容提到當事人是吃了河豚而中毒。

貓貓忍不住咕嘟一聲吞了吞口水。

（啊——好想吃喔。）

高順一臉傻眼地看著貓貓。貓貓搖搖頭，把差點要咧起的嘴角變回嚴肅表情。

「下次再帶妳去吃這類飯館就是了。」

不過不會提供河豚肝喔。高順用眼神特別提醒她。

貓貓心想「明明有些老饕就愛享受那種麻麻的感覺」，但能讓人請吃館子，貓貓也會更有幹勁。她仔細地檢查資料。

「這案子怎麼了嗎？」

「我以前出於職責，曾參與過這個案子。以前的同僚最近找我商量，說是發生了跟這個案子十分類似的事件。」

所謂以前的同僚，是高順成為宦官之前的事嗎？這人果然擔任過武官或類似的某些職位——貓貓心想。

「十分類似的事件？是什麼樣的事件？」

老實說，比起高順的過去，貓貓對現在發生的中毒案件比較有興趣。她暫且把剛才的想法擱一邊，繼續目前的話題。

「是一位官僚吃了河豚魚膾，陷入了昏迷狀態。」

（昏迷狀態？）

貓貓有種莫名的不祥預感，這個沉默寡言的男子怎麼變得這麼多話？

貓貓偷瞄高順的臉一眼。

儘管就跟平常一樣是張眉間緊鎖的勞碌命臉孔，但貓貓感覺對方似乎也在觀察自己的臉色。

「高侍衛，非常抱歉，這件事小女子適合繼續聽下去嗎？」

貓貓試著單刀直入地問，然而高順的表情不變。他仍將雙手揣在袖子裡，緩緩點頭。

「可以的，不成問題，因為小貓妳很明白自己的立場。」

竟敢大言不慚地講這種話，也就是說，他在警告貓貓不許說出去。

然後──

「況且話已經講到一半，就此打住的話妳憋得住嗎？」

講得真奸詐。都已經聽到這裡了，貓貓不可能抑止得住好奇心。

「……請侍衛繼續說下去。」

見高順故意吊人胃口，貓貓略微皺眉說了。

高順指著木簡繼續說道：

「據說這次的魚膾，用的是川燙冰鎮過的河豚皮與肉。說是官僚吃了之後，就陷入了昏迷狀態。」

「河豚的肉嗎？不是內臟？」

「是的。」

河豚的毒無法藉由加熱消除，但毒素多集中於肝臟等內臟，魚肉屬於毒素較少的部位。因此貓貓聽到能讓人陷入昏迷狀態的毒素，想像的是肝臟部位。

（會累積那麼多毒素嗎？）

即使如此，視種類或生長環境不同，魚肉部位也不是一定無毒。

由於無法一概而論，所以或許也有此種情況。

貓貓以前吃的是毒素較少的部分。她偶爾會得意忘形地吃點肝臟，不過那時情況可真是危急。她記得老鴇給她灌了一堆水，喝到她把整個胃裡的東西吐光為止。

「若是如此，應該沒有什麼疑點吧？」

聽貓貓這麼說，高順緩緩搖了搖頭。

「但是……」

高順一邊抓抓後頸一邊回答。

「掌廚的堅稱菜餚裡沒用到河豚。這次的案子也是，上次的案子也是。」

高順煩惱地蹙額顰眉，但貓貓沒理他，吐了個舌頭。

事情聽起來實在有趣。

這次跟上次的案子之間有幾項共通點。

據說此次案子當中昏倒的官吏，跟上次的商人一樣都是饕客，且偏愛珍饈。此次吃的雖是魚膾，但用的是川燙過的魚肉，不過據說平常也會吃生魚。即使是鮮魚，生的魚肉裡常會有寄生蟲。一般人不怎麼喜歡吃，有些地方還會禁止食用。

而一些饕客就是愛吃生魚，所以也就喜歡河豚這種魚類，經常品嚐。雖然大家都不承認，其實在饕客當中，有些人還會吃故意留下少許毒素的魚肉，享受那種麻麻的感覺。

（竟然不知道那種感覺的好。）

貓貓認為人們應該寬懷大度地接納別人的喜好。

兩件案子裡的廚師都堅持菜餚裡沒放河豚，宣稱自己是清白的；然而吃了菜餚的主人都產生了中毒症狀。

聽說他們從廚房垃圾裡找到河豚內臟或魚皮當成了呈堂證供。由於內臟全數被丟棄，因此他們判斷當事人沒有吃下內臟。

（意外地調查得還滿仔細的嘛。）

貓貓莫名地佩服起這種地方來。世上有很多不像話的官吏，會拿環境證據或捏造證據誣告無辜之人。

兩名廚師都宣稱魚肉只有用在前一天的菜餚裡，當天沒用到。盛夏日還另當別論，在目前這種每天依然天寒地凍的季節，把廚餘擺個幾天也並不奇怪。

魚膾用的是其他魚類，也從棄物簍裡找到了這種魚的碎屑。

（不能說是官吏捏造證據，但也不能保證廚師有說真話。）

很遺憾，沒人能當證人。

聽說官吏吃珍饈會惹夫人生氣，所以通常都是在房裡獨自享用。廚師端來了魚膾，但傭人只是遠遠看到那盤菜，不可能認得出切碎的是什麼魚。

而被害者似乎是在全部吃完後才倒下的，換算成時間，說是開始吃之後過了兩刻鐘。據說傭人是端茶過去時，才發現官吏呼吸困難、嘴唇發青地渾身痙攣。

（症狀也跟河豚毒很像。）

事情就是這樣，高順帶來的情報對貓貓而言不夠多。她決定暫且不陳述觀點，請高順再去問一些話來。

（究竟是什麼毒？）

貓貓口裡正在唸唸有詞時，一張端正臉龐從旁邊無聲無息地冒了出來。

貓貓的顏面神經不禁整個僵住了。

「抱歉，妳這種臉就連孤看了也受傷。」

頭髮濡溼的壬氏說。水蓮一邊「哎呀哎呀」地說，一邊幫他把滴水的頭髮擦乾。

貓貓讓臉恢復成原來的樣子，看來自己方才露出了恐懼驚悚到下頷快脫臼的表情。

「妳好像很熱衷於聽高順說話啊。」

壬氏有點怏怏不樂地說。

「有趣的話題總能吸引聽眾。」

「給我等一下，妳明明常常把孤講的話……」

壬氏不知怎地，用一種受到打擊的神情嘟嘟囔囔地說。最後的部分聽不太清楚，但貓貓覺得總之目前無關緊要。

「那麼時間晚了，容小女子退下。」

貓貓低頭向忙著擦乾壬氏頭髮的水蓮致意後，就緩步離開了房間。壬氏好像在說些什麼，但水蓮凶巴巴地叫他不許動。

貓貓覺得自己就連人命關天的事都這樣抵抗不了好奇心，實在無藥可救了。她一邊心想阿爹可能會責罵自己，一邊回到了自己的房間。

翌日，高順帶來了食譜。

「這是廚師菜餚的抄本，傭人作證說會端給主人的菜餚大多都寫在這裡面了，廚師也說作的是這道菜。」

高順在桌上攤開筆記簿給貓貓看，上面寫著使用川燙魚肉製作的魚膾烹調法。

貓貓一邊摸著下頷，一邊看食譜。

做法是將魚肉川燙冰鎮後加入切絲蔬菜，以醋拌勻。寫在上面的醋汁配方有點特別，但不是什麼格外奇特的菜餚。

上面寫了幾種醋的配方，想必是因為菜餚滋味會因為季節或獲得的食材而改變的關係。材料也沒有明列出用什麼魚或蔬菜。

貓貓摸著下巴沉吟。

「如此的話，最重要的究竟用了什麼材料就不得而知了呢。」

「是啊。」

貓貓偏著頭看食譜時，怏怏不樂的壬氏從旁邊過來。他手上拿著龍眼果，剝著殼吃。殼裡面是黑色的果乾。

龍眼果就像是小顆的荔枝，是一種夏季採收的水果。烘乾的龍眼又稱為桂圓肉，有時還會作為中藥。

「看不出來嗎？」

壬氏顯得有點心癢難耐的樣子，手肘撐在桌上湊過來看貓貓的臉，看來是想加入話題。高順皺起眉頭看著，但還不至於要提醒他。

（得好好講講他才行吧。）

貓貓正在冷眼看著沒規矩的壬氏時，有一隻手伸了過來，溫和地拿走了壬氏手裡的龍眼。

「沒規矩的孩子沒點心吃喲。」

臉上浮現快活笑容的水蓮站在壬氏背後，她呵呵呵地笑著。這是什麼氣氛？貓貓總覺得她的背後看起來烏雲密布。假如貓貓說這位名喚水蓮的侍女有種身經百戰的氣質，會不會很奇怪呢？

「我知道。」

壬氏垂著眉毛，不再支起手肘，改成正確的姿勢。老嬤子見狀，一面說「很好」，一面把龍眼放回了壬氏手裡。

還以為這位老嬤子只會寵他，原來也有挑剔禮儀規範的一面。

話題有點扯遠了，回到正題吧。

「案子是最近這陣子發生的對吧？」

「大約在一週前。」

以時節來說，天氣還很冷。魚膾一般來說是放小黃瓜，不過在這個季節，應該會使用其他蔬菜。

「材料是白蘿蔔或紅蘿蔔之類的嗎？」

冬季能使用的蔬菜有限，食材有其季節性，可以吃到的時期也有限。

「關於這點，對方說用的是海藻。」

聽到高順這麼說，「啊！」貓貓半張著嘴。

「海藻嗎？」

貓貓重問一遍。

「是海藻。」

高順重說了一遍。

海藻可以食用，也可作為中藥材。想必也能當成魚膾的材料。

聽到這句話，貓貓不由得點了點頭。

（此人愛吃珍饈，就表示……）

有時應該會買進一些比較特殊的海藻。

貓貓的嘴角不禁揚了起來，從半張的嘴巴想必可以看到虎牙。

壬氏他們都愣愣地看著貓貓這副模樣。

貓貓一邊瞇細眼睛，一邊看著高順。

「如果可以，能否讓小女子到那戶人家的廚房裡看看？」

貓貓抱著一絲期望向高順問道。

高順安排得很快，隔天就準備好要讓貓貓進那名廚師的廚房了。據說負責此案的官吏認為已經結案，很容易就獲得了許可。

官吏宅邸位於京城西北，周圍盡是些深宅大院。京城北側主要都是高級官僚居住，所以理當如此。

在宅邸裡，夫人由於過度疲勞而消瘦，臥病不起，由下人代為帶他們到廚房。雖然對方表示已經徵求過夫人許可，沒有問題……

（下人啊……）

貓貓一邊感到不可思議，一邊前往目的地。

貓貓有個高順安排的官員跟著作伴，但官員對貓貓心懷疑慮，一直盯著她看。此人似乎不怎麼喜歡貓貓，但是應該會聽高順的命令，目前沒什麼特別的問題。

貓貓也沒有打算跟對方作朋友，因此並不介意。

他大概是位武官吧，年紀尚輕因此體格還未臻於成熟，不過整體動作乾淨俐落。他眉頭緊皺，五官雖然稚氣未脫，但面貌精悍。貓貓總覺得跟誰很像。

幸運的是，廚房因為被認為煮過下了毒的食物，因此案發之後就沒人用過了。

貓貓正要緩步走進廚房時……

「妳在做什麼！」

一名男子橫眉豎目，往貓貓這邊跑了過來。男子年約三十，穿著上好的衣服。

「誰准妳擅自進宅邸了，給我出去！是誰把這些傢伙帶進來的！」

男子抓住為他們帶路的下人的衣襟。

貓貓半睜著眼看著時，一同前來的官員往前走出了一步。

「我等有獲得夫人的許可，再說我等是有使命在身。」

看到官員口氣凜然地反駁粗暴男子，貓貓在心中拍了拍手。

「真有此事？」

男子放鬆了抓住衣襟的手。

下人一邊嗆得直咳嗽一邊肯定。

「我等可以進去了嗎？還是說，有什麼不便之處嗎？」

聽到官員這麼說，男子雖然嘖了一聲，仍不屑地說：「隨便你們。」

代替陷入昏迷狀態的官吏的夫人，宅邸裡現在由官吏之弟在管事，而這似乎就是方才那名男子。事後下人顯得很歉疚地向他們解釋。

（是這麼回事啊……）

貓貓覺得插嘴管別人的家務事很不知趣，所以只想想就算了。

貓貓環顧廚房內部。

廚具似乎被廚師清洗過，收拾得乾乾淨淨。食材除了魚類等容易腐壞的生鮮食物外，都維持原樣不動。

貓貓把廚房每個角落找過一遍。

然後，她輕而易舉地就從架子深處找到了想找的東西。

看到那個用小甕加鹽醃漬的東西，貓貓滿意地笑了。

「這是？」

貓貓向下人問道，下人瞇眼看看甕裡的東西。由於他露出一種不明就理的表情，於是貓貓抓起一把放進水缸裡給他看。

「這樣如何？」

「哦，這是老爺很愛吃的食物。」

下人告訴貓貓這是官吏平常吃的東西，不可能有毒。夫人似乎也很信賴這名下人，貓貓不覺得他在說謊。

「聽見沒？還不快走。」

男子莫名煩躁地說，他從剛才就一直盯著貓貓等人的行動，惡狠狠瞪著貓貓手上的甕。

「說得對。」

貓貓把甕放回原位，但偷偷藏了一把在袖子裡。

「抱歉驚擾各位了。」

貓貓如此說完，就離開了廚房。即使如此，背後傳來的刺人視線仍久久不散。

「妳怎麼那麼輕易就作罷了？」

回程的馬車上，年輕武官向貓貓說道。貓貓覺得難得對方會主動跟她攀談。

「小女子並未作罷。」

貓貓從袖子裡掏出沾滿鹽巴的海藻，然後用手巾包了起來。雖然袖子弄得滿是鹽巴很不舒服，但若是在這裡拍掉，可能會被眼前的武官罵。

「這個東西有問題。這種海藻應該還要再過一陣子才到採收季，但就算以鹽醃漬，也不可能保存到現在這個時節。」

可說是相當不合季節的食材。

「所以小女子猜想，這應該不是在這附近採得的。比方說，有可能是透過貿易經由南方進貨的。不曉得有沒有辦法查出是從哪裡買來的？」

聽貓貓這麼說，武官睜大了雙眼，似乎是明白了自己該做什麼。

其他事就由貓貓自己來。

翌日，貓貓拜託高順準備了一間可以使用的廚房。地方在外廷內的官吏哨站，似乎設計成可供人住宿過夜。

貓貓在那裡調理前一晚就準備好的東西。說是調理，其實沒什麼大不了，就只是把泡水去除鹽分的東西盛盤罷了。

雖然是簡單的工程，但畢竟是這種事，貓貓覺得不適合用壬氏樓房裡的廚房來做，所以請人另外準備地方。

而現在，貓貓眼前有兩盤東西。這是昨天偷偷帶回來的海藻，貓貓將它分成兩份泡過了水，呈現鮮翠的綠色。

貓貓面前有高順、找高順商量案情的官員、昨日為貓貓帶路的武官，以及不知跑來幹麼的壬氏。這樣愛看熱鬧，小心又被水蓮罵沒規矩——貓貓心想。

「經過調查後，就如同妳所說。」

年輕武官淡然地說。昨日的海藻的確是從南方帶來的。

「我後來又去問了一次下人，他說他想起來了，那位官吏的確不曾在冬天吃過那種海藻。我也問過其他傭人，得到的答案都相差無幾。」

這時，找高順商量案情的官員搖頭。

「關於這種海藻的事，已經向廚師詢問過了。對方說這跟平常用的海藻是同一種，不可能有毒。」

貓貓也贊成他的意見，是同一種海藻沒錯。

但有一個地方錯誤。

「即使是同一種海藻，也不見得就沒有毒。」

貓貓一邊用筷子從盤中夾起海藻，一邊說。

「也許在南方並沒有吃這種海藻的習慣，假若這次是聽了老饕官吏的說法，貿易商認為有利可圖，而特地要當地居民製作鹽漬海藻呢？」

「……這會有什麼問題？」

問問題的是壬氏。今日可能因為有旁人在，他沒有散發出最近那種莫名鬆懈的氛圍。高順姑且不論，身旁的另外兩名官員，都顯得有些靜不下心地看著美貌的宦官。

貓貓愉快地把玩著筷子說：

「世上有些方法可讓毒物變得無毒。」

方法有很多種，例如鰻魚本來有毒，但只要放血或加熱就能食用。

以此次的海藻來說，貓貓記得應該是必須以石灰醃製。

而貓貓分成兩盤的海藻，一盤以石灰醃過，一盤沒有。她此時用筷子夾起的，是昨晚請人準備石灰醃過的海藻。

貓貓將它一口吃下去，周圍其他人慌了起來，逼問她在做什麼。

「不要緊的，應該吧。」

其實貓貓只有聽過這種知識，並不是很確定只醃一晚是否就能讓它無毒。

這也是很重要的驗證工作。

「什麼叫作應該吧！」

「請放心，小女子已備妥了催吐劑。」

貓貓拍拍胸脯，從胸前掏出煎好的藥。

「不要講得一副很有自信的樣子！」

結果貓貓被高順從背後緊緊抱住，讓壬氏硬是餵了催吐劑。多虧於此，害得她在四名男士面前吐得個亂七八糟。

他們把未出嫁的姑娘當成什麼了？

順便一提，催吐劑是用噁心味道讓人反胃的類型，所以難吃得要命。

（難得有機會可以證實去毒法有效，可惜了。）

貓貓擦掉胃液，重新打起精神說：

「此時有個問題：是誰向貿易商提議帶鹽漬海藻過來的？」

既然特地從沒有食用習慣的地方訂製，應該知道危險性很高才是。

「假如是陷入昏迷狀態的當事人，就某種意味來說可謂自作自受。」

不過，假如不是呢？

而假如訂製者知道這種海藻可能變成毒藥……

（這只是推測罷了，不過……）

十年前也發生過食物中毒事件，說不準有人從那次事件獲得靈感，想到了這種手段。貓貓無法斷定兩件事有關聯，只不過就以此次案子來說，貓貓的推測應該沒錯。

在場所有人都很聰明，貓貓沒必要說更多，也沒打算說。貓貓身分卑微，不想深入思考如何裁斷別人的罪行。

「我明白了。」

高順似乎聽出了貓貓的話中之意，緩緩點了點頭。

貓貓鬆了一口氣後，捏起眼前的海藻吃了一口。這次是吃另外一盤。

於是她再次被臉色發青的壬氏等人硬是催吐。

犯人是昏迷官吏的弟弟。

一找到代購商之後，此人很快就招出是自己買的。

貓貓要進廚房時，那人一直盯著他們瞧，讓貓貓起了疑心，結果正如她所料。

有些東西不想讓人瞧見的話，就會擺出那種態度來。

這是常有的事，長子健在，次子就會遭到漠視。簡單到好笑的理由，讓貓貓等人就某種意味來說，覺得原來也不過爾爾罷了。

只是有個問題。

為了如此膚淺的理由企圖殺人的男子，是如何知道海藻有毒？他說是在酒家喝酒時，坐在旁邊的客人閒聊時告訴他的。

這是偶然，抑或是必然？當時的貓貓等人無從得知。

結果貓貓沒能吃到毒海藻，一面發牢騷一面打掃。沒有的東西強求不來，她決定想一些其他不相關的事。

（啊——話說回來，要用在哪裡好呢？）

占據貓貓腦海的，是那種長在蟲子身上的奇妙植物。

她開始恍神，然後急忙搖搖頭。現在正在當差。然而她的臉頰卻越來越鬆弛。

那些從噁心蟲乾身上長出來的枯葉色菇類，要泡成藥酒好呢，還是做成藥丸好呢？光是想像都覺得開心。

由於實在太開心了，她不小心用笑嘻嘻的表情迎接了屋主。

看到壬氏當場愣住，貓貓悄悄低下頭去。

（他一定覺得很噁心。）

貓貓尷尬地慢慢抬起頭來時，壬氏忽然開始用頭撞柱子。咚咚咚的動作有如啄木鳥。

聽到這聲音，高順與水蓮都衝了出來，看看是怎麼回事。

不知道為什麼，高順直盯著貓貓瞧。

（這次不是我害的。）

是你的主人有毛病。貓貓心裡如此想著，暗自生悶氣。

「恭迎總管。」

總之貓貓先作個表面工夫，恭敬地致意。

最近這陣子，壬氏總是處理公務而遲歸，好像是為了處理長久累積的事務。

與其讓事務堆積如山，不如別像上次案子那樣愛看熱鬧，好好當差就沒事了。

「該說是個性不合還是怎樣？意見總是相左。」

聽壬氏所說，他似乎必須跟這樣的一號人物有公務上的往來。

壬氏一邊從水蓮手中接過水果酒，一邊嘆了口氣。在場所有人都對壬氏有抗性所以無妨，但要是哪裡來個姑娘看到他這樣，光這麼個動作就能讓姑娘昏過去了。實在是個很會給人找麻煩的宦官。

假若有人能對這樣一號人物有意見，反而可以說很厲害。

「我也會有不擅長應付的人。」

對方似乎是軍府的高官，雖然足智多謀，卻是個出了名的怪人。

聽說此人很愛挑人毛病，會把客人帶進房裡，或擅闖對方居所，或下將棋或閒扯淡，拖延著不讓議案蓋印。

而這次盯上的目標就是壬氏。

於是此人天天都在壬氏的書房一坐就是一個時辰，害得他必須加班補回來。

貓貓臉上不知怎地，浮現出一種排斥的神色。

「是哪位告老閒居之人？」

「才剛過四十歲而已。而且自己的公務都會處理完，所以才更惡劣。」

（年過四旬，軍府的高官，怪人？）
這些詞句（關鍵字）讓貓貓有些耳熟，但總覺得想起來也沒好事，她決定忘掉。
只是就算忘掉，常有的不祥預感仍然很準。

○●○

「議案應該已經通過了才是。」
面對這名不速之客，壬氏面露天女般的笑靨說了。他必須很努力才能讓臉頰不抽搐。
「哎呀，冬季賞花實有困難，因此我想不如改來此處。」
眼前是個滿臉鬍渣，戴著單片眼鏡，悠然自得的中年人。
他雖穿著武官服，但容貌更像文官，狐狸般的細眼於富有理智的同時，也蘊含著瘋癲。
男子名為羅漢，職位為軍師。倘若換個時代，想必會被稱為太公望再世，但在當今時代就只是個怪人。
家世顯赫，但年過四十仍不娶妻，收了個姪子做養子，將家中事宜交由養子管理。
羅漢只對圍棋、將棋與閒話有興趣，就算對方沒興趣也會硬把人牽扯進去。
這陣子他之所以找壬氏的碴，理由是壬氏僱了一個與綠青館有關聯的姑娘作下女。

此事雖然絕無虛假，但從娼館僱用姑娘，傳出去總是不好聽。

儘管形式上是下女，但別人會怎麼理解這事仍然是個問題。

然而這位跟年輕姑娘一樣喜歡八卦的大人卻四處說些有的沒的，在軍府的眾人都認為是壬氏替姑娘贖了身。好吧，雖然也不算說錯就是了。

壬氏讓中年大叔不知從哪兒冒出來的各種話題左耳進右耳出，在高順拿來的文書上蓋著印。

「說到這個，我以前在綠青館有個老相好。」

壬氏聽了，感到很意外。

他本以為此人對風流韻事毫無興趣。

「是怎麼樣的一名娼妓？」

壬氏不禁產生了興趣而追問。

羅漢得意地一笑後，將帶來的果子露倒進琉璃(玻璃)杯。躺臥在羅漢床上的模樣，就跟在自己房間裡放鬆休憩沒兩樣。

「她著實是個好娼妓(女人)，擅長圍棋與將棋，我在將棋上能勝她，圍棋卻屢戰屢敗。」

竟能下贏軍師閣下，想必棋藝高超——壬氏心想。

「我想那樣有意思的女人再也找不到第二個了，也想過贖身，但天不從人願，正好有兩

個有錢的好事家在爭相出價。」

「那可真是……」

娼妓的贖身金有時高到可以建造一座離宮。既然連羅漢也負擔不起，恐怕就是那麼回事了。

提起這種話題，這個男人究竟想說什麼？

「她是個奇特的娼妓，只賣藝不賣身。不只如此，她根本不把客人當客人看。就連倒個茶，都不像是在接待主人，而是用施捨賤民般的高傲目光看人。有些人就是口味特殊，不少傢伙都被她這種態度迷得神魂顛倒。好吧，其實我也是其中一人，那種背脊一陣陣酥麻的感覺真是讓人欲罷不能啊。」

「……」

壬氏著實覺得坐立難安，忍不住別開了目光。一旁候命的高順也用力咬緊抿成一直線的嘴唇。

世上具有相同喜好的人還真不少。

羅漢不知道有沒有察覺對方的內心想法，繼續說道：

「那時我在想，希望有一天可以欺上她的身子。」

男子咧嘴笑著，眼中顯露出一絲充滿癲狂的火光。

「結果我也無法對那名娼妓死心，不得已，只好用了有點骯髒的手段。總之呢，若是貴得付不起，讓她身價降低就是了。」

我降低了她的稀有價值。他說。

「想知道我用了何種方法嗎？」

隔著單片眼鏡，狐狸般的眼睛在笑著。

不知不覺間就將對方拉進了圈套，就是這樣才可怕。

「都講到這裡了，軍師還要賣關子？」

壬氏發現自己的講話口氣不知不覺間變得冰冷起來。羅漢笑嘻嘻地看著他。

「哎，稍安勿躁。在繼續之前，我有件小事想拜託總管。」

羅漢十指交握，伸個大懶腰。

「到底是什麼事？」

「總管那兒最近進來的下女，似乎挺有意思的。」

又是那方面的話題？壬氏差點沒嘆氣，然而接下來的一句話令他大感意外。

「好像莫名地擅長解謎是吧。」

羅漢似乎沒看漏壬氏抖了一下，他繼續說下去：

「我認識一位宮廷御用的雕金師，此人日前溘然謝世，而且沒確切指定繼承人。但他有三個徒弟。」

壬氏一邊心想「竟然會認識工匠，真稀奇」，一邊「哦」地應了一聲。

「故友尚未傳授堪稱祕技的技術就這樣過世，令我於心不忍。我想他應該留下了某些傳授技術所需的物品，但就是找不到。」

「軍師有話請明說。」

壬氏單刀直入地說完，羅漢取下了單片眼鏡。

「哎，沒什麼。不是什麼大不了的事，只是在想不知道有沒有法子，找出這種祕傳的技術。例如不知能不能請某位頭腦靈光的下女幫忙調查一下。」

「……」

「死去的男子是個奇人，只留下意味深長的遺言就過世了，讓人感到有些在意。」

「……」

壬氏一語不發，闔起眼睛，然後呼了口氣。

「總之，可否請軍師先將整件事講與我聽？」

他只能這麼說了。

五話　鉛

晚膳時分，壬氏帶來了一個奇怪的話題。

「發生了一件有點麻煩的事。」

換作平常從不會管貓貓願不願意，直接把麻煩事帶上門的壬氏竟然會講這種話。然而同時，貓貓也產生了興趣。

似乎是壬氏熟人的熟人那邊起了爭端，雖然還稱不上家庭糾紛，但聽說是工匠家族的主人沒把所有技術傳授給身為徒弟的兒子就死了。

在這當中，似乎包含了不可外傳的技術。

「換言之，只要知道雕金師的祕傳技術是什麼就行了，對吧？」

「妳講得倒簡單，而且妳怎麼好像很感興趣？」

「有嗎？」

貓貓把視線轉向天花板。

根據壬氏的說明，雕金師有三個徒弟。三個都是親生兒子，個個都是頗有實力的工匠。

曾為宮廷御用工匠的父親死去後，大家都說三人當中應該有一人會成為御用工匠。

據說父親在遺言中寫下了要分送的遺物。

長男得到正屋之外的作坊，次男得到雕刻家具，三男得到了金魚缸。

然後只留下一句話，「你們可以像以前那樣一起開茶會」。

「還真是意味深長的遺言呢。」

不知道是就如同字面上的意思，還是有其他含意。

「是啊，據說聽了遺言的幾個當事人也一頭霧水。」

貓貓若有所思地連連點頭。

「話說回來，這遺物分配得還真不平均呢。」

正屋由於兄弟們的母親還住著，所以沒做分配，但小屋、家具與金魚缸一比之下，怎麼看都是輩分越小越吃虧。

「都是些什麼樣的物品呢？」

「他沒說那麼多，只是有告訴我住址，說是好奇的話可去看看。」

大概是從一開始就料到會是如此吧，準備得還真周到。

「只要明天能給小女子時間。」

貓貓如此說完，瞄了水蓮一眼。

初入老境的侍女雖然就像在說「妳去吧」似的揮揮手，但貓貓覺得最好要作好之後差事增加的心理準備。

雕金工匠的居處位於穿過京城大道的地方。地方在商店較多的中央一個地段，庭院裡有一棵大栗樹，宅邸頗為氣派。

壬氏或高順都沒來，由名喚馬閃的武官代為隨行。調查魚膾案時，也是由這位年紀尚輕的官員同行。

（他好像不太喜歡我。）

能不跟貓貓說話就不說話的態度，與其說是沉默寡言，感覺起來比較像是排斥她。貓貓覺得只要不會危害到她，這樣也無妨。一切秉公處理就沒什麼好在意的。

「事前已經跟家人談妥了，只是，表面上由我問話，妳是貼身侍女。」

「明白了。」

貓貓也覺得這樣比較方便。她跟隨在馬閃身邊敲敲大門後，家人就出來迎接。那是個相貌平凡，年約二十出頭的男子。

「事情我已經聽說了。」

相貌平凡的男子請貓貓他們進入家中。

家裡氣氛與外觀無異，整頓得乾乾淨淨，給人良好的印象。各處插著小巧的花卉，其中有個奇妙的物體收在牆壁凹洞裡。似乎是塊貼著金屬的石頭，金屬部分散發出泛藍的光澤。

「？」

貓貓盯著它瞧時，相貌平凡的男子說：「哦，那個啊。」他靠了過來。

「那是家父去採購原料時買的，他有收集奇特物品的興趣。」

男子這樣說著，神情似乎帶著點喜悅之色。

一行人穿過正屋，走在遊廊上。

前方有個類似作坊的場所，那裡還有另外兩名男子。相貌五官都很平凡，一個是高個子，一個是微胖男子。

「哥哥，我帶他們來了。」

最早那個相貌平凡的男子說。這麼說來，此人大概就是么子了。

相較於口氣彬彬有禮的么子，兩個哥哥一副生悶氣的表情。他們嘴裡似乎唸唸有詞，不情不願，但還是帶貓貓他們進了作坊。

裡面工具收拾得整整齊齊，乾淨整潔。一問之下，才知道作坊位於正屋，這裡是以前使用的場所。現在似乎是用來收藏老舊小工具，或是當成工匠喝茶的地方。

「格局挺獨特的。」

馬閃望著屋內空間說。貓貓也覺得的確如此。

房間正中央放了個五斗櫃。東西擺在這裡感覺只會礙事，但仔細一瞧，會發現表面精雕細琢。形狀也跟貓貓所知道的五斗櫃有些不同，呈現出一種奇妙的別緻風格。

可能是因為如此吧，雖然擺在房間的正中央，但看起來還滿美觀的。而且周圍擺設了桌子，反而有種奇妙的統一感。

貓貓盯著它瞧。櫃子四角漂亮地磨圓，嵌著金屬雕飾。最上面的三排與它們下面的中間抽屜附有鑰匙孔，只有這幾處加裝的是不同的金屬。貓貓目不轉睛地看著時，兩個哥哥當中的微胖男子靠近了過來。

「看是無妨，但是不准碰。」

他壓低聲音說。

貓貓輕輕低頭致意，然後退後一步。

這讓她想起來，過世工匠分給次男的遺物說是家具，可能就是這個了。這麼想來，這個微胖男子應該就是次男。

彷彿作為佐證一般，么子抱著一個透明的圓形物品過來。

「真的能查出阿爹留下的東西嗎？」

高個頭的男子向馬閃問道，此人應該是長男。馬閃瞄了貓貓一眼，貓貓姑且先點個頭，然後把頭往三兄弟那邊動了動。不知馬閃有沒有看出貓貓的打算，但他一副若無其事的樣子看著三兄弟。

「我得先聽聽更詳細的情形，否則沒辦法說什麼。」

說完，馬閃坐到了椅子上。

貓貓站到他身後，重新環顧了屋內空間。

（格局的確很怪。）

貓貓覺得窗戶的位置很奇特。可能是採用西式設計，窗戶形狀莫名地長，利於採光。然而這種結構，似乎又被窗外的大栗樹給糟蹋了。

射入房間的陽光只有從樹木間隙灑落的光線，僅有一處能夠徹底照到陽光。就只有這一塊地方，靠牆的架子褪了色。不過有個四方形的部分沒褪色，由此可以推測該處長期放置過某種物品。

在貓貓環顧四下時，高個子長男將事情說給他們聽。

「就跟大人之前聽到的一樣，阿爹沒把祕傳技法傳授給我們，就這樣往生了。然後呢，留給我的就是這間小屋。」

「我的是這個五斗櫃。」

次男拍了拍放在房間正中央的五斗櫃。

「我的是這個。」

么子遞出透明的圓形物品。仔細一瞧，此物以薄薄的玻璃製成，底部是平的。貓貓只聽說是金魚缸，沒想到是用玻璃做的，還以為會是木製，再好不過就是陶製而已。

這麼想來，三人分得的遺物應該是各有其價值。然而不知怎地，貓貓覺得兩個哥哥與么子之間有種冰冷的距離。

（這下該怎麼辦呢？）

貓貓偷瞄了三人幾眼。每個人雙手都像工匠一樣長著繭，不過其中么子的手讓她很在意。他手上紅腫的傷痕特別多，也許是燙傷的痕跡。

次男邊嘆氣邊摸了摸五斗櫃。

「真不知道阿爹在想什麼，好不容易留下這個遺物給我，卻只有一把鑰匙，而且根本插不進鑰匙孔。」

貓貓往次男視線的方向一看，只見五斗櫃底下有緊緊釘死的金屬零件，似乎是固定在地板上了。

鑰匙似乎是開五斗櫃中間抽屜用的，但他卻說插不進去，這是怎麼回事？其餘三個抽屜用的似乎是同一把鑰匙，但他說最重要的鑰匙不知道在哪裡。

「把小屋送給大哥，五斗櫃給我，可是這樣我又拿不走。」

聽到次男煩躁地說，長男也贊同地點頭；相較之下，只有么子神情顯得有些鬱悶。

「是因為阿爹說過要我們跟以前一樣一起開茶會吧。」

聽到么子這麼說，兩個哥哥一臉不以為然。

「你可好了，拿到的東西可以馬上變賣。」

「就是啊，即使只是這麼個東西，賣了錢也能一陣子不愁吃穿。」

講這種話簡直像在趕一條狗。

貓貓滿腹狐疑，輕輕戳了戳馬閃，催他找些問題問問。馬閃雖然歪了歪眉毛，但就好像拿她沒轍似的，走向了三兄弟。

「說到這個，遺言是什麼樣的內容？」

馬閃這麼說，以重新做個確認。

「哦，遺言啊，就是剛才這小子說過的話。」

「說是要我們像以前一樣一起開茶會，不懂是什麼意思。」

留下這句遺言，意思是否是希望兄弟之間能和睦相處？貓貓不太明白，不過為人父母似乎都是如此。

然而只有這些線索，並不能看出些什麼。就在貓貓歪著頭想法子時，三人的母親端著托盤出現了。母親將茶擺在正中央的長桌上。

「請用。」

她只說了這一句，就離開了小屋。長桌空出五斗櫃前的位子，放了三只茶杯，正面則有兩只茶杯。兩只茶杯應該是貓貓他們的份。三兄弟坐到了椅子上。看他們刻意移動位置坐下，看來誰坐哪裡是固定的。

貓貓沉思暗想。

陽光會從細長窗戶射進來，光線會一路延伸到五斗櫃前面。考慮到以前開茶會的時段，假如坐在空出的位子，應該會被陽光照得刺眼。如果光線再伸長一點可能會照到五斗櫃，不過大概是照不到那麼遠，五斗櫃上沒有陽光曝曬的痕跡。

（曝曬的痕跡？）

貓貓從椅子上站起來，看看窗戶。窗外有棵大樹，陽光照射的時間不會太長。

貓貓站到窗前，目不轉睛地盯著五斗櫃瞧。五斗櫃上的鑰匙孔位置讓她莫名地在意，不是上面三個抽屜的鑰匙孔，而是下面那個單一的鑰匙孔。

貓貓一邊偏頭思索一邊走動，惹來了三兄弟的異樣眼光。馬閃以手扶額低著頭，之前貓貓覺得他跟某人很像，原來想到的是高順，有種奇妙的恍然大悟感。

馬閃敬謝不敏地呼一口氣，一臉不快地看著貓貓。

「知道些什麼了嗎？」

他如此問道。

「那個上鎖的抽屜打不開對吧？」

「以前打得開，但阿爹做了某種機關，做著做著就打不開了。」

次男回答。

「鑰匙只有一把？」

「只有這一把啦，阿爹又講了些莫名其妙的話，說是弄壞鑰匙孔的話，裡面的東西也會壞掉，所以也不能隨便破壞。」

貓貓來到五斗櫃前面，細細觀察鑰匙孔。

看起來裡面好像塞了東西，不知道是為什麼。

（該不會五斗櫃被釘死在地上，也是有原因的吧？）

貓貓一邊做如是想，一邊在腦中整理想法。

交給三兄弟每個人的遺物：小屋、五斗櫃、金魚缸。

五斗櫃有打不開的鎖。

然後是——

貓貓看了看么子拿來的金魚缸。

「抱歉，這個魚缸原本應該是擺設在那邊那個架子上，對吧？」

貓貓向么子問。

「咦！是的，正是如此。」

么子拿著金魚缸走到了窗邊，然後折起一條手巾，放在陽光曝曬的痕跡上，把金魚缸放上去。

「以前裡面是養過金魚的，但是因為天一冷就會死，所以冬季只有溫暖的白晝會放在這裡。這些年連金魚也沒買了，就成了擺飾。」

么子面露有些寂寞的笑意說。

（哦——）

貓貓眼神淡漠地看著他，並走出小屋。

「喂，妳要做什麼！」

「小女子去要點水來。」

貓貓如此說完，去向夫人要了水後，倒進金魚缸裡。

「您說以前魚缸像這樣裝過水？」

「是的，正是，圖案正好朝向這邊。」

貓貓心想「果然」，看了看金魚缸。陽光從窗戶射進來，照在金魚缸上。然後照在金魚缸上的光線集中到一個點上。

光線指向五斗櫃，正好就在下面鑰匙孔的位置閃爍著。

「各位以往剛好就是在這個時間開茶會的？」

「……喂！這是怎麼回事！」

次男岔入中間擋住了光線。

「不要擋住！」

貓貓不由得大聲叫起來，嚇得次男把龐大身軀縮成一團。

「抱歉，這種光照到眼睛是會失明的。還有您站在這裡會礙事，請離遠一點，不然會開不了鎖的。」

貓貓如此說完後，目不轉睛地看著鑰匙孔與光線。

不知道過了多久的時間，用金魚缸聚集的光線一點一點慢慢移動，照在鑰匙孔的周圍。然後過了一會兒，可能是栗樹的影子擋住了，光線不再照射進來。

貓貓盯著鑰匙孔瞧，金屬零件一摸是熱的，感覺好像有股奇怪的味道。

「喂，這有什麼意義？」

對於這聲詢問……

「過世的那位人士，是否反覆出現貧血或腹痛等症狀？」

貓貓回問道。

「是這樣沒錯。」

「除此之外，有沒有反胃或憂鬱等症狀？」

對於貓貓的詢問，三兄弟面面相覷，讓貓貓確定自己想的沒錯。接著，貓貓想起了像擺飾般擺在一處的那塊晶體。

「小女子不是很懂工藝，各位這裡有用到銲料嗎？」

「哦，有啊。」

「那麼請用鑰匙打開這個抽屜。」

「不是跟妳說過打不開嗎？」

次男不情不願地把鑰匙插進了鑰匙孔裡，結果鑰匙一插就進去了。次男一臉驚訝地轉動鑰匙，就聽見喀嚓一聲。

「這……這是怎麼回事？」

長男嚇得發抖，次男與么子也睜大雙眼。馬閃也一臉納悶的神情。

「沒有怎麼回事，小女子不過是照著遺言做罷了。就跟以前一樣，只是大家一起開茶會而已。」

貓貓如此說完，把整個抽屜拿出來後，放下來讓眾人都看得見。

抽屜底部有個鑰匙形狀的鑄模，散放著暗沉的光輝。

不可思議的是，鑄模裡有一塊還很柔軟的金屬。貓貓用手指戳它，確認它的硬度。

「可否容小女子將它取出？」

「啊！好。」

獲得許可後，貓貓將鑰匙從模子裡拿了出來。這把還有點溫熱的鑰匙，與五斗櫃上的三個鑰匙孔完全吻合。她試著打開每個抽屜，又引來了眾人的奇怪表情。

「這……這是什麼東西？」

三個大小各異的抽屜裡，各放了一塊類似金屬與晶體的物品；最大的抽屜裡放的是泛藍晶體，看起來跟擺在玄關裝飾的晶體一樣。

「小女子不知，小女子只是按照吩咐行事罷了。」

貓貓將三塊東西放在桌上，然後搖了搖頭。貓貓沒必要再說更多了。

「……可惡，什麼大家和睦相處啊！結果就只是被阿爹最後一場惡作劇耍著玩就結束了嘛！」

「真是讓人忍無可忍！」

當長男與次男大發雷霆時，只有么子目不轉睛地盯著三塊東西，然後輪流看看五斗櫃的抽屜。

不同於長男與次男的手，只有么子手上有很多紅色的燙傷痕跡。

（就是所謂的偷師學藝嗎？）

貓貓想起曾有個莫名具有工匠性情的客人說過這話。她又想起自己把這話當真，拿了阿爹採來的藥草照著煎煎看，結果中了毒，後來阿爹告誡她做之前要先問過。

恐怕只有這位么子明白死去工匠的用意。

據說「銲料」是藉由混合幾種金屬的方式，使得每種金屬的熔點比原本要低。貓貓所知道的，是鉛與錫混合而成的銲料。她之所以知之甚詳，是因為鉛也是一種會毒害人體的金屬，她曾經看過一位工匠在熔解鉛時產生了中毒症狀；除此之外，以前後宮流行過的有毒白粉，阿爹說過那也是一種鉛。

三塊東西當中的兩塊是鉛與錫，假如與另一塊晶體搭配起來能做出全新金屬呢？

而且雖說是用金魚缸聚集的陽光高溫，但照射的時間並不是很長。這就表示它熔解的溫度相當之低。

抽屜大小刻意做得不一樣，想必也是重點之一。

以貓貓的立場來說，她不需要說更多了。唯獨一件事她認為有必要，於是她站到了么子的面前。

「煙花巷一間叫作綠青館的店鋪，那裡有位名叫羅門的藥師。此人醫術很了得，假若身體有恙，請去造訪一下。」

「啊！好……好的。」

她忽然對自己講話，讓么子有點吃驚地回答。

貓貓緩緩低頭致意後，就不再理會鄭重告別的么子與大發雷霆的兩個哥哥而告辭。

看到馬閃還是一副不悅的樣子，貓貓心想自己可能太好管閒事了，一面反省一面走在他後面。

之後的事與貓貓無關，聰明伶俐的么子會大發慈悲，還是會獨占技術，她都不在乎。

六話　化妝

貓貓正在準備晚膳時，壬氏來找她搭話。

「妳很懂化妝嗎？」

他講出這種丈二金剛摸不著頭腦的話來。

（到底要幹麼？）

貓貓偏偏頭，覺得好久沒有產生這種觀察幼蟲般的心情了。

一完成公務回到私室來，劈頭就是這句話。他正在讓水蓮幫著換衣服。

的確，在煙花巷長大的話，自然而然就會學會如何化妝，而且貓貓除了藥物之外，有時也會作化妝品，或許可以說滿懂的。

「總管要送人禮物嗎？」

「不，不是，是孤需要化妝。」

「……」

貓貓露出的眼神就像在窺探深不見底的洞穴，正是所謂的虛無，連死蟲或汙泥之類的東西都沒想像到。

看到她這表情，壬氏用傻眼的口氣說：

「妳想到哪兒去了？」

沒有想到哪兒去，貓貓只想像到他說的事而已。

（沒必要吧。）

貓貓想像著壬氏化妝的模樣。光是現在這副模樣都已經美如天仙了，只消在眼角畫點紅線，嘴唇塗上胭脂，額頭再點綴個花鈿就足以傾國傾城了。歷史上有許多無聊透頂的戰爭，其中有幾次就是傾國美女引起的。

而這名男子的美，連性別藩籬都能跨越。

「總管是想滅國嗎？」

「講到哪裡去了！」

壬氏將手臂穿進上衣袖子後，坐到椅子上。貓貓從陶鍋盛粥。這是鹹香可口的鮑魚粥，貓貓為了試毒而吃過一口，美味無比。等壬氏用完膳後，水蓮會分給貓貓一些，因此她很希望壬氏能趁粥冷掉前快快吃完。

「妳那種白粉膏是怎麼做的？」

壬氏指著自己的鼻子周圍問。

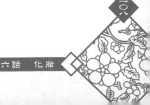

（原來是說這個啊。）

貓貓恍然大悟。壬氏原本就已經美到過剩了，自然不需要妝點得更光彩耀眼，反而有必要讓它暗淡點。

「小女子是將黏土曬乾搗成粉，以油調勻。假如想讓顏色極端地深，小女子會摻入木炭或胭脂。」

「哦，立刻就能做出來嗎？」

貓貓姑且先從懷裡掏出一只蚌殼盒子，裡面裝有仔細和勻的黏土。

「小女子手邊只有這些，不過只消一晚就能做好。」

壬氏拿起蚌殼，以手指掏取內容物，塗到了手背上。壬氏雖為男兒身，但肌膚有如白瓷，調給貓貓自己使用的腮紅似乎略嫌濃重了點，有必要調淡些。

「是壬總管要用的嗎？」

聽貓貓這麼說，壬氏柔和地笑了。他既不肯定也不否定，但當成肯定想必不會錯。

「如果有能夠改變相貌的藥物就方便了。」

聽壬氏半開玩笑地說，貓貓回答：

「不是沒有，只是一輩子無法恢復原貌。」

只消把生漆什麼的往臉上塗就成了——她說。

「可想而知。」

壬氏帶著苦笑說。這樣做壬氏也會有麻煩，況且如果壬氏遭到那種對待，貓貓一定會被其他人五馬分屍拿去餵野獸。

「這類技術倒也不是沒有。」

「那就有勞妳了。」

壬氏好像就等這句話似的笑了，吃起粥來。金黃色的烤雞肉雖然令人垂涎三尺，但這恐怕不會讓她沾點餘惠。盤子裡剩下最後一口，就被水蓮收走了。

「麻煩妳把孤變成跟現在完全不同的模樣。」

（不知道他究竟想幹麼。）

貓貓沒有不要命到會去問這個，就算知道了，對自己想必也沒什麼好處。她只要乖乖聽話，按照吩咐把東西準備好就是了。

貓貓說「遵命」之後看著壬氏繼續用晚膳，希望他能早點吃完。鮑魚粥看起來實在令人垂涎三尺。

翌日，貓貓準備了比平常製作的種類更淡的白粉膏，又將其他幾件應該會用上的東西裝進了布袋裡。

她比平時更早到，然而壬氏的私室已經點起了燈。沐浴過的屋主坐在房裡的羅漢床上，讓水蓮替他擦頭髮，這是只有貴人才能有的奢侈享受。縱然身上的衣服比平時更樸素無華，但言行舉止仍是徹頭徹尾的貴人模樣。

「……總管早安。」

貓貓半睜著眼對壬氏說了。

「嗯。怎麼了？一早就不開心？」

壬氏用愉快到只差沒哼歌的口氣說。

「沒有，只是覺得壬總管今日必定又是終日丰神俊美吧。」

「這是新一種的酸話嗎？」

只是真實到聽起來像在酸人罷了。梳理柔順的頭髮散發出光澤，讓貓貓覺得假如直接放進紡織機做成綢緞，一定能織出上好的絲織品。

「妳打從一開始就無心做事嗎？」

「沒有的事，不過壬總管真想變成別人嗎？」

「我昨晚不就說了？」

「那麼恕小女子失禮。」

貓貓毫不客氣地走到壬氏身旁，抓起壬氏身上衣服的袖子按到臉上。本來在幫他梳頭的水蓮說「哎呀呀」匆匆忙忙地離開房間。不知何時來到了房間的高順，也被水蓮推著走出了房間，但只是看起來如此，其實是偷偷在窺視房裡狀況。

「妳……妳做什麼？為何突然如此？」

壬氏用有點破音的聲音問。

（一點都沒搞懂。）

貓貓的個性就是一旦使命在身，就要做到比最好還要更好才滿意。因此她今日為了讓壬氏脫胎換骨而做了各種準備，但他卻……

「沒有一個庶民會焚燒如此高級的香料。」

壬氏現在穿的是市井小民的衣服，再好頂多是下級官吏的便服，應該無緣接觸遠從海外用船運訂購的最高級檀木才是。貓貓為了分辨藥草與毒草，嗅覺比別人更靈敏。她之所以一進房間就不開心，是因為聞到了芳香。這應該是水蓮細心準備的，但老實講只是給她找麻煩。

「總管知道在青樓如何分辨貴客嗎？」

「……不知道，看體型或身上衣服嗎？」

「這也是方法之一，不過還有一個，就是氣味。」

散發甜香的肥胖客人是身有疾患但有錢，假如散發出好幾種品味低俗的香味，大抵是喜歡四處尋芳問柳，因此很可能身染性病。假如年紀輕輕卻帶有家畜臊味，就是沒洗澡而不衛生。

綠青館基本上是生客上門一律攆走，不過偶爾也有人能滿足老鴇的眼光，而成為入幕之賓。這些人幾乎都會成為貴客，是因為他們滿足了嬤嬤的判斷標準。

「總之請總管換件衣物，還有……」

貓貓前往浴場，將還有餘溫的熱水裝進桶子裡，然後拿到壬氏所在的房間來。

途中，水蓮與高順不安地看著貓貓。貓貓心想既然順便，就拜託了高順一件事。必須把原本的衣服換掉，另外準備一件才行。

貓貓從帶來的布袋裡取出一個小皮袋，將手指插進去後，沾起了濃稠的油。她將這種油加進桶子裡，使它溶於水中。

「平民不會每天洗熱水澡的。」

貓貓將雙手泡進桶子裡的熱水，然後以手指梳了梳壬氏的頭髮。她一次次讓手指穿過豔麗如泉的頭髮，使它失去光澤。貓貓自認為梳得很小心了，不過可能是因為用手梳頭加上經驗有差，壬氏看起來沒有讓水蓮梳頭時那麼平靜。

（這下可不能勾到頭髮。）

貓貓也自然而然地緊張起來。她有時會忘記，但是一旦觸怒了這位大人，貓貓可是會身首異處的。

亮麗的絲絹變成粗糙的麻線後，貓貓將頭髮束起。使用的髮繩與其說是繩子，不如說是碎布比較貼切。說穿了，只要能綁頭髮什麼都行。

貓貓把桶子收拾好，洗了手回來時，高順已經把她拜託的東西準備好了。不愧是能幹的隨從。

「真的要用這個嗎？」

高順用一種惴惴不安的神情看著貓貓，身旁的水蓮看到高順準備的東西，也明顯一副排斥的神情。像她這種地位的侍女，一定很難相信竟然會有這種東西吧。高順拿來的是一件穿舊的，尺寸稍大的平民衣服。雖然有洗過，但很多地方的布料都磨薄了，而且微微殘留著物主的體味。

「再臭一點都行。」

聽到貓貓把鼻子湊向衣物這麼說，水蓮用雙手摀住臉頰，一副不敢置信的表情。她似乎有話想說，然而高順伸手阻止了她，她什麼都不能說；但高順自己也是眉頭緊鎖。

雖然對水蓮過意不去，但貓貓還打算做更多令她精神受挫的行為。

「壬總管，請褪下衣服。」

「……呃，好。」

壬氏有點遲疑地回答。

貓貓毫不介意，在房間裡挑選合用的東西。她準備了幾塊手巾後，接著從布袋裡取出白布條。

「抱歉，可否請兩位也來幫忙？」

貓貓把緊張兮兮地旁觀的兩人拉過來，讓高順拿手巾纏在壬氏的赤裸肌膚上。儘管這位大人美若天仙且已經失去至寶，但上半身體型勻稱且肌肉結實。可能是覺得只穿底褲太冷了，他沒脫褲子。貓貓本來以為房間夠暖了，有些歉疚地替火盆多添些木炭。

高順把手巾纏在壬氏身上，水蓮按住它，再由貓貓包上白布條固定。布條纏好後，就形成了小腹難看地突出的輪廓。

外面再穿上較大的衣服就剛剛好，完成了有些走樣的體型。身上殘餘的香氣，應該晚點就會被衣服蓋過了。只有臉龐仍然是平素的壬氏，看起來非常奇妙。

「那麼，進入下個步驟吧。」

貓貓取出了昨日重新調製的白粉膏，用指尖將這種比壬氏膚色深一點的面脂輕輕塗在他臉上。

（湊近摸摸看還是這麼細緻。）

看到這種別說鬍鬚，連毛孔都沒有的肌膚，讓貓貓不禁佩服起來。塗滿了整張臉後，她起了一點惡作劇的念頭。

難得有機會替壬氏化妝，怎能錯過如此機會？貓貓產生了好奇心，想看看壬氏若是如女子般化妝會變得多美。

貓貓從化妝用品裡拿起貝殼，裡面裝有紅色胭脂。她用小指指尖沾一點，慢慢描在壬氏的唇上。

「……」

貓貓說不出話來了，一起看著的高順與水蓮也一樣。三人都困惑不已，露出極其複雜的表情後，互看對方點了點頭。

「怎麼了嗎？」

沒人回答壬氏的問題，比起這個，更重大的事物占據了他們整個腦袋。

三個人想必都心懷同樣的感想。幸好在場只有這三人，只要有任何一個旁人在，情況都會慘不忍睹，男子女子都一樣。

世上有些事物無論如何美妙，都不能公開示眾。

太可怕了，才不過是上點胭脂而已，破壞力已經足以毀滅一兩個村子。

「喂，到底怎麼了？」

「沒有，沒什麼。」

貓貓從水蓮手中接過手巾，擦擦壬氏的嘴唇，一個勁兒地猛擦。

「很痛耶，這是怎麼了？」

「沒怎麼樣。」

「是的，沒有怎麼樣喲。」

「壬總管，沒有怎樣。」

由於三人都說著同一句話，壬氏滿腹狐疑，但仍然乖乖坐著不動。

貓貓忘掉方才看到的東西，進入下個作業。

接著她再補上一些更深的顏色，在臉上加黑斑，又在眼睛底下畫了黑眼圈。她想反正順便，於是試著在兩眼眼角加顆痣。她把柳眉一點一點畫粗，一邊改變左右大小一邊畫眉。

臉部凹凸也有方法改變，但是近看會看出是化妝，所以不用。女子還另當別論，男子如果化妝很可能會引人懷疑。

取而代之地，貓貓讓壬氏雙頰含著棉花以掩飾輪廓。高順與水蓮看著她，像是在說「有必要做到這種地步嗎？」，但這樣還不夠。她拿剩下的白粉膏塗在身體各處做出塊斑，又在指甲縫裡塞白粉膏，製造骯髒的雙手。

（倒還不至於是雙纖纖玉手。）

與上半身相同，壬氏的雙手就像個健壯的男子。貓貓以為他平素頂多只會拿毛筆或筷

子，然而壬氏的手掌上長有硬繭。貓貓沒有親眼目睹過，不過這樣看來應該有練劍術或棍術。原本說來，宦官是不需要這些本事的。然而貓貓不感到好奇，並不想問「你怎麼會去練劍」這種無聊的問題，只是淡然地把手背弄成骯髒百姓的手。

「好了嗎？」

看到貓貓一邊擦額頭上的汗一邊收拾化妝用品，壬氏這麼詢問。此時在她眼前的已不是俊美宦官，而是個臉色不健康的平民男子。雖然相貌端正，但看到突出的小腹、手上的塊斑與黑眼圈，應該會覺得此人過著不注重健康的生活。

即使如此看起來仍然有三分俊俏，只能怪原本長得太好看了。

「……哎喲，真的是少爺嗎？」

「不要叫我少爺。」

水蓮照理來說應該有看到全程經過，卻還是難掩驚訝。這樣任王宮裡的誰來看，都看不出是壬氏才對，只看外貌的話。

貓貓拿出了留在布袋裡的竹筒，拔掉栓子，倒進杯子裡端給壬氏。壬氏看到杯裡的液體，臉孔扭曲了起來，想必是因為它散發出特有的刺鼻氣味。這是用幾種刺激性食物調配而成的，老實說並不好喝。

「這是何物？」

「是最後一道工程，請總管用它沾溼嘴唇，慢慢像在口中咀嚼般吞下去，這樣嘴唇與喉嚨就會紅腫，讓聲音改變。塞在嘴裡的東西先拿掉比較好。」

即使外貌或體味改變，如果甜如蜂蜜的聲音沒變，可能還是有人會發現。要做就要做得徹底，不然她心裡不舒坦。

「雖然非常辣，但沒有毒，請放心。」

「「「……」」」

放著呆愣的三人不管，貓貓急急忙忙開始收拾東西。

今日接下來的時間是休假，可以休息到明日。貓貓想回到久違的煙花巷，做她最愛做的調藥。

貓貓難得如此興奮雀躍，然而一桶冷水忽然潑了過來。

「小貓，妳說過今天要回老家對吧？」

「是的，小女子打算等會兒就出發。」

高順滿意地露出微笑，就像在說「這下剛好」。沉默寡言的隨從很難得露出這種表情。

「既然這樣，那麼跟壬總管會同行到半路了。」

（要命！）

貓貓沒叫出聲來已經算不錯，但恐怕都清楚寫在表情上了。

高順稍微瞄了壬氏一眼，這話對壬氏而言似乎也是始料未及，他愣愣地張著嘴呆在原地。

「難得喬裝易容了一番，若是帶著跟平素一樣的隨從，想必會啟人疑竇。」

「哎呀，說得也是呢。」

好像早就套好招似的，水蓮裝模作樣地點著頭。

「壬總管也這麼覺得吧？」

難得看到高順如此生氣勃勃，這是為什麼？能夠把照顧壬氏的事推給貓貓，讓他這麼興高采烈？

「也是，這樣算是幫了我一個忙。」

壬氏顯得漫不經意，但似乎也表示贊成。

貓貓心中大呼不妙。

「恕小女子冒昧，但就算小女子跟在壬總管身邊也不會更好。」

的確，穿著土氣的壬氏，或許比較適合搭配像貓貓這般土氣的隨從，但大家也都知道貓貓是壬氏的貼身侍女。考慮到可能有個萬一，貓貓強烈主張自己不要跟著他比較好。

然而水蓮這位侍女笑著帶過。

她翻找了一會兒，拿了一只漆盒過來，從裡面取出刷子以及髮簪等物。

「那麼，小貓也做一番喬裝易容不就行了？」

貓貓從水蓮溫柔婉約地瞇細的眸子深處感覺到一股銳利眼光，就不敢再多說什麼了。

基本上事情發展至此，之後絕對不會有好事。

七話　踏街

從走出壬氏的住處到離開宮殿為止，一路上是以馬車移動。無論如何巧妙地喬裝易容，穿著平民服裝的男子在外廷內亂晃還是會招人懷疑。就算是下人下女，在這裡也都得穿配給的服裝。

既然如此，何不從一開始就穿那類服裝出去？但既然腹部塞了東西，換衣服有所不便，所以無可奈何。

貓貓一面覺得麻煩死了，一面卻又追求完美，因此壬氏對自身美貌缺乏理解的行動方式讓她有點介意。

到了四下無人的地方，貓貓下了馬車後，頭一句話就是挑壬氏毛病。

「壬總管，您姿勢太優美了。」

她對姿勢彷彿以一條繃緊的線與天上相連的男子提出忠告。

「……妳才是，講話不要這樣畢恭畢敬的。還有，妳這樣稱呼我豈不是沒意義？」

乍看之下平凡無奇的男子說。

的確，貓貓也這麼覺得。可是若是這樣，那要如何稱呼才好？她瞇起眼睛盯著壬氏瞧。她無意如此，結果卻露出了好像在看燈籠上一堆飛蛾的眼神。

壬氏的表情變得難以言喻。

「小女子該如何稱呼您？」

「這個嘛。」

壬氏用手摸著下巴，沉吟一會兒後說：

「就叫我壬華吧。」

（壬華是吧。）

這不是什麼太奇特的假名，對貓貓來說很好叫，但特地選用「華」這個字讓她不知該說什麼才好。「壬氏」這個名字也是，都不是男人姓名會用的字。

貓貓心想「早知道還是該扮女裝」，但一回想起方才壬氏塗了口脂的臉龐，便打消了這個念頭。為了世間太平，只有那個還是盡量避免比較好。貓貓搖了搖頭。

「那麼，壬華大──」

講到一半，貓貓發現壬氏在瞪自己，這才想起壬氏剛糾正過自己的說話方式。

「……那麼，我就叫你壬華吧。」

貓貓覺得自己雖不擅長恭敬地講話，但用平常的口吻講話更難。然而不知為何，壬氏卻兩眼閃閃發亮。好不容易替他化妝成不健康的臉龐，這麼生龍活虎的就沒意義了。

「好的，小姐。」

聽到壬氏半促狹地這麼說，「啥？」貓貓不禁目瞪口呆。壬氏愉快地笑著。

「從外觀來看，我覺得這樣稱呼才妥當。」

壬氏上下打量了貓貓一番。

貓貓現在的打扮是水蓮替她打理的，讓貓貓穿上了她女兒不再穿的舊衣服。雖然帶點樟腦味，但布料與裁縫都很好，剪裁也很有品味，沒有過時的感覺。頭髮也仔細綰了起來，讓水蓮插上了簪子。的確如果只看外觀，說是好人家的小姐也不奇怪。

貓貓嘟著嘴唇，三步併兩步往前走。

「咱們快走吧。」

「是。」

相較於貓貓因為立場與平素顛倒而顯得極度尷尬，壬氏卻好像很開心的樣子。

壬氏要前往的地點似乎是位於煙花巷前面的館子。他說他與熟人約在那裡碰面，不過貓貓不會多問，她認為這才是聰明的處世之道。

然而，她總覺得壬氏或高順好像在利用她這點給自己方便。

（今後我應該稍微不識相一點。）

貓貓一邊這麼想，一邊走在街上。

街上開了市集，商人忙著做買賣。由於季節的關係，葉類蔬菜還很少，取而代之地擺滿了肥肥的白蘿蔔。

貓貓心想既然領到了零用錢，不如請肉販殺隻雞，跟蘿蔔一起燉好了。這時，有人抓住了她的衣襟。

「怎麼了？」

壬氏高高在上地看著貓貓，笑嘻嘻的讓她看了很火。

「小姐要買東西嗎？」

「因為菜攤的東西看起來不錯。」

「穿這樣買菜？」

貓貓明白壬氏想說什麼了，意思似乎是一個帶著僕人的大小姐，一手拿著蘿蔔一邊叫人殺雞很奇怪。

貓貓依依不捨地看著蘿蔔。

（本來想煮給阿爹吃的。）

阿爹雖然無論作為醫師或是藥師都是無人能出其右的英才，但不知道是哪裡搞錯了，偏偏就是缺了生意頭腦。

因為如此，藥師本來是絕不會餓肚子的行當，他卻住在搖搖欲墜的破房子裡。

不過要是真的都不收錢而快餓死時，老鴇應該會拿個漏斗把飯灌進他嘴裡。

貓貓臭著一張臉往前走。

壬氏自詡為貓貓的下人，步幅卻很寬，一回神已經走到了貓貓前面去。於是貓貓只能稍稍加快腳步，否則跟不上。

（嗯，還不夠好。）

壬氏的眼睛還在閃閃發亮，雖然不會明顯地東張西望，但只有眼睛興味盎然地轉來轉去。

大少爺就是大少爺，看來是覺得街市的熱鬧模樣很稀奇。

貓貓追過壬氏，盯著他瞧。

壬氏似乎發現到自己有點太興奮，愣了一瞬之後，就像沒事似的繼續邁開腳步。這次是跟在貓貓後面。

「……」

（回去之後，得去看看田地才行。）

貓貓彎著手指數數有哪些藥草長出來了。

「……」

（艾草應該已經長好了吧？如果款冬花芽已經長出來，就更高興了。）

就在貓貓考慮用味噌肉醬炒款冬時，壬氏的臉無聲無息地冒出來，擋住了她的視野。

「有何吩咐？」

貓貓不禁變回了原本的講話方式，瞪著壬氏。壬氏似乎也有話想說。

「妳為何不說話？」

壬氏也變回了原本的講話方式。

問她為什麼不說話，原因當然只有一個。

「因為沒什麼話好說的？」

貓貓實話實說，但似乎挑錯了用詞。壬氏緊緊地咬住嘴唇，一副難以言喻的表情。他不是小孩所以不至於哭出來，但仍是一副可憐相。

（明明是你要我改變態度的。）

貓貓天生就不是會主動找人講話的個性，所以也不會沒事找話講，只是照她平常的態度閉口不語罷了。

然而這個男人不知為何卻大受打擊，貓貓感到相當不可思議。

貓貓不知道該怎麼辦，正搔著後頸時，一個串燒的路邊攤映入了她的視野。貓貓小跑步過去，向攤子老闆拿了兩串。炙烤的雞肉表皮香脆，光看都讓人垂涎三尺。

「請用。」

貓貓把串燒遞給壬氏，壬氏像是看到了什麼不可思議的東西，慢慢伸出手來接了過去。

「趁熱吃了吧。」

貓貓從大街轉進一條較窄的巷子，拍拍堆起的木箱表面撣掉灰塵，然後坐到了上頭。烤肉一咬下去，滿嘴的雞汁與油脂讓人齒頰留香，香脆的雞皮啪滋作響。

（真好吃。）

貓貓身體前傾著大快朵頤，以免讓油脂滴到衣服，但壬氏只是看著。

「您不吃嗎？就如您看到的，沒有毒。」

「不，我不是這個意思。」

壬氏戳戳自己的臉頰。

「哦。」

貓貓這才想到壬氏的嘴裡塞了棉花，用來掩飾臉部輪廓。貓貓取出懷紙遞給壬氏，壬氏接過後呸一聲吐出棉花，直接丟進附近的棄物簍。

懷紙本來是屬於珍貴物品，是水蓮替她換衣服時體貼地想到的。

（沒帶替換用的棉花耶。）

想做到盡善盡美的貓貓感到有些不滿，不過大概也沒人會注意得那麼細，只能沮喪地看開點了。

壬氏好像在觀察一個不可思議的物體，咬了口串燒。他似乎覺得很燙，一邊在嘴裡呼氣一邊嚼肉，然後吞了下去。

「如何？」

「比野營時的好吃，鹽放得恰到好處。」

壬氏一邊用手指拭去嘴上的油脂一邊說。貓貓從懷裡掏出手巾。

（野營？）

貓貓以為宦官一般來說不會做武官那種差事，不曉得是什麼意思。一旦開始打仗或許還另當別論，但宦官平素會有機會野營嗎？

貓貓一邊感到不可思議，一邊看看壬氏的臉。雖然嘴巴周圍的妝掉了一點，但還不到需要在意的程度，於是她別開目光。

（好了，早早把正事辦完吧。）

貓貓吃完串燒，從木箱上站了起來。她決定等跟壬氏告別後，就再折回去市集，在攤子上買蘿蔔與雞。

但壬氏這人卻用優雅閒適的動作慢慢走，讓貓貓有點生氣。

「壬華大哥，您不怕遲到嗎？」

貓貓姑且用假名跟他說話。

「還有一點時間啊。」

「您還是早點過去比較好吧，讓對方等就不好意思了。」

面對這樣的貓貓，壬氏露出不高興的神情。

「聽妳這口氣，好像想早點跟我分開是吧？」

「……有嗎？」

貓貓裝出一副不明就裡的表情，但其實被他說中了。壬氏板起了臉來，不過沒有繼續抱怨。取而代之地，他跟貓貓聊起其他話題。

「宮廷的生活其實也不差吧，我是覺得比煙花巷的生活要好得多了。」

的確是不差，至少貓貓現在是自願任官的；分配到的房間也是，雖然小，但很乾淨，而且壬氏問過她想不想要別種房間。貓貓覺得自己已經很有福分了。

但撇開這些不說，貓貓也有想回煙花巷的理由。

「小女子擔心養父沒有好好過日子。」

聽貓貓這麼說，壬氏露出了愣怔的表情。

「怎麼了嗎？」

「沒有，只是沒想到妳竟然會關心藥物或毒物以外的事。」

「……」

這人也太沒禮貌了吧。貓貓半睜著眼狠狠瞪他。

「養父是小女子的藥學師父，我希望他能再活久一點，否則會很傷腦筋的。」

貓貓把頭一扭，背對壬氏開始往前走。還是趕快把正事辦一辦吧——她心想。

壬氏顯得有些慌張地走在貓貓的身旁。

「看來妳的養父是位相當有能耐的藥師。」

「……是的。」

貓貓略顯遲疑地回話，她覺得拿阿爹的話題找她講話很奸詐。

「據說養父於年輕時曾去過西方留學。」

阿爹不只懂中醫，也精通西方醫術。他偶爾會用異國語言記事，或是於不經意間使用貓貓沒聽過的語言，可見留學時間一定很長。

「妳說留學？那應該是相當優秀喔，記得必須是國家選出的人材才去得了。」

從壬氏驚訝的反應來看，貓貓覺得阿爹果然是位了不起的人物。

「是的，養父是位了不起的人物。常說人無完人，但也有人能身兼多種才華。」

貓貓有些興奮地聊起養父的事，比起平素稍微多話了點。

「……那可真是位不得了的人物啊。」

相較之下，壬氏卻顯得鬱鬱寡歡。難道是自己太多話了？也許其中夾雜了某種他不喜歡聽到的用詞。

（剛才明明是你叫我說話的。）

真是個任性的男子。

壬氏像在鬧彆扭似的，從貓貓身上別開視線，看著街上的店家。店家種類從各類食品變成了五顏六色的布料或飾品。為了討春宵蝴蝶的歡心，男子會在店裡選購禮物。

「這樣一位人物，怎麼會在煙花巷開藥舖？」

貓貓覺得他講話有些帶刺。

「大概是因為他唯獨缺運氣吧。即使天賦異稟，**天生的一柄**還是被人拿掉了。」

假如要舉出羅門的一個缺點，那就只有這個了。一句話，倒楣。

他似乎因為曾於西方留學，而被先帝的母后——也就是前代的皇太后命其成為宦官。

「……」

壬氏一語不發地看著貓貓。

就在貓貓心想煙花巷式的笑話是不是又失敗了的時候……

「所以妳是說妳的養父是宦官？」

他繼續追問道。

「是這樣沒錯。」

貓貓用力抓抓後頸，心想自己是否沒有提過此事。壬氏則是唸唸有詞地說：「宦官，藥師，醫官……」

講著講著，似乎抵達了目的地。

貓貓看看高順交給自己的紙條。

「是否就是那兒？」

貓貓指著煙花巷口不遠處的一家飯店，樓上是客棧，樓下是飯館，經營方式並不是很稀奇，不過……

「似乎就是那家了，不過還有時間就是。」

壬氏一邊略為環顧四周一邊說。

（哦，原來如此。）

貓貓眼神冷漠，恍然大悟。

她知道壬氏為何要特地喬裝易容逛街市了。原來如此，原來是這麼回事啊。貓貓呼出了一口氣。

「到處溜達把妝弄掉就不好了，等您過來的人物也許就在裡面，您還是早點過去吧。」
聽貓貓這麼說，壬氏才終於同意。
「那麼，小女子就此告辭。」
「現在？」
「是的，好不容易做了喬裝易容，小女子進去並不妥當。」
貓貓恭敬地低頭致意後，就回市集那邊去了。
回頭一看，壬氏正好走進飯店。
（雖然是宦官，但或許還是需要這樣忙裡偷閒吧。）
貓貓雙臂抱胸點了點頭。
然後，她這麼想：
既然都來到這裡了，來逛個煙花巷不是很好嗎？
貓貓知道那間飯店是何種店家，在那家店可以買到私娼。
（祝總管今宵有個好夢。）
貓貓冷眼目送壬氏離去。

八話　梅毒

麻雀的啁啾聲傳來，貓貓從粗糙的床鋪起身，就聞到熬藥的獨特氣味。

「早。」

她聽到穩重老婦般的嗓音，是阿爹的聲音。

（對了，我回家了。）

這是貓貓到外廷當差以來第一次返家。原本來說，貼身侍女沒有所謂的休假，因為即使主人工作休息，日子還是要過，所以是理所當然的。而且假若壬氏還有其他侍女就另當別論，但他的生活環境較為特殊，沒辦法多請侍女。

（真佩服那位侍女能一個人撐到現在。）

貓貓很欽佩初入老境的侍女水蓮，這次之所以能休假，也是因為獲得了她的許可。只是相對地，平時都被她使喚來使喚去就是了。

貓貓爬出床鋪後，坐到簡陋的椅子上。阿爹端來了熱過的粥，她喝了點裝在破碗裡的粥。雖然不鹹，但阿爹加了各種香草，因此具有強烈的風味。她加點兒醋調整味道。

「去把臉洗一洗。」

「吃了就去。」

貓貓用湯匙把粥拌勻時，阿爹開始準備調藥。

「今天有什麼打算？」

對於阿爹的問題，貓貓偏著頭回答：「沒什麼打算。」

「假若沒什麼事要做，可以幫我跑一趟綠青館嗎？」

「……好啊。」

貓貓如此說完後，替粥又加了一匙醋。

阿爹經營的藥舖位於綠青館內，但阿爹所說的「跑一趟綠青館」指的不是這事。

貓貓熟門熟路地跟青樓前的男傭打過招呼，然後往裡頭走。她穿過華美的挑高玄關，走在通往廂房的遊廊上。

中庭整理得有如達官顯貴的宅邸，夜間各處會以燈籠照明。庭園經過悉心照料，有時一些客人下午來此挑選娼妓時，甚至會在這裡喝茶。

再繼續穿過這裡，會來到一處有些冷清的廂房，此處平素是不會有客人上門的。一進去，就會聞到病人特有的氣味。

「早。」

一名女子披頭散髮地躺著睡覺。是個有如醜陋骷髏的女子。

「我帶藥來了。」

「……」

女子一語不發，甚至讓人覺得也許早就忘了怎麼說話。過去她無故嫌棄貓貓，總是趕她走，這幾年連這氣力也沒了。

貓貓餵虛軟躺著的娼妓吞下帶來的藥粉，阿爹都用這個代替水銀或砒霜。這種藥粉毒性較少，而且很有效，但現在連安慰效果都沒有。

即使如此，除了如此餵藥之外，也不知道還有什麼治療法了。

年近四十，沒有鼻子的女子，昔日曾讓人捧上了天。

綠青館是聲望高到有能力挑客人的店家，但也曾有一段時期擺不了高姿態。

貓貓出生後的幾年，綠青館曾經掛著不光彩的招牌。

此名娼妓就是在那段時期接客時，不幸染上了梅毒。

假若在初期階段給予這種藥，早可痊癒了，然而如今女子的身軀已變得令人不忍卒睹。

不只是外觀，身體內部也受到病魔侵蝕，記憶也被撕扯得破碎不堪。

時機太差。

羅門造訪青樓之時，這名娼妓的病情正好進入了潛伏期。

當時假若老實說出病況，想必不至於惡化至此。

然而所有人都不可能平白無故信任一個突然出現的前宦官男子。

不接客就沒飯吃，這是青樓的慣例。

數年後，她的身體再次開始起疹子，然後腫瘤眨眼間就擴散到了全身各處。

就這樣，女子被關進房間裡，放在客人目光接觸不到的地方。

雖然這麼做是遮醜，但已經算是相當寬宏大量了。

做不了生意的娼妓，原本是會被攆出去的。沒被扔進滿是白粉與眉黛膏的骯髒水溝就算不錯了。

貓貓從盆子裡拿出布巾，擦拭娼妓躺臥著的身體。

由於平常房間門窗是緊閉著的，味道悶著散不出去。

（也稍微焚點香好了。）

貓貓有某位貴人贈與的香，香味高雅，贈送者也說喜歡這種香味，但是會妨礙到調藥，所以她平常不碰。有很多藥是不能混入其他氣味的。

只有本人到來時，貓貓才會略為焚燒一點。她稍微借用一些。

焚燒了帶有微甜芬芳的香後，娼妓枯乾的表情浮現出一絲微笑。

貓貓聽見沙啞嗓音唱出的童謠。

娼妓回到童年的心智，是否憶起了懷念的景色？

貓貓將香爐放到房間角落，以免娼妓不慎弄倒它。這時，她聽見外頭傳來啪噠啪噠的腳步聲。

「怎麼了？」

一名見習娼妓跑了進來，記得她應該是在梅梅那兒做事。

「呃呃，是小姐叫我來的。小姐說假如妳在這裡，勸妳最好別回去，因為有個戴奇怪眼鏡的人在。」

「這樣啊。」

小丫頭不願進入有病人在的這個房間，只在入口候命。大概是覺得少了鼻子的女子很嚇人吧。

貓貓知道戴眼鏡的人是誰，他是綠青館的客官，也是常客，但貓貓不想碰到他。

只要待在這兒，那個客人是不會過來的。老鴇不會讓客人看見藏起來的東西。

「知道了，妳可以回去了。」

貓貓只說了這句話，然後呼地吐出一口氣。

少了鼻子的女子不再唱童謠，拿出了用小石頭染色做成的扁彈珠。她將扁彈珠一顆顆排好，像在整理失去的記憶片段。

（傻女人……）

貓貓站起來，到房間角落抱著膝蓋坐下。

過了一會兒，梅梅來告訴她客人回去了。梅梅不像方才那個小丫頭，而是習以為常地走進房間。

「辛苦了──」

貓貓放下圓形坐墊，梅梅坐到上頭，然後笑容可掬地看了看病人。病人毫無反應，不知不覺間已經睡著了。

「貓貓，他**又**在提那件事了。」

貓貓知道她說的是哪件事，光想都起一身雞皮疙瘩。

「那個大叔真是學不乖耶，真佩服小姐能聽得下去。」

「只要看開點，其實是個不錯的客人喲。婆婆看他付錢付得爽快，也都沒說什麼了。」

「是啊，她叫我當娼妓八成就是為了這個。」

這數年來，老鴇一直想讓貓貓當娼妓，就是為了剛才上門的客人。假如貓貓沒受到壬氏僱用，恐怕現在早已被賣給那個客人了。

「想都不願去想。」

看到貓貓歪扭的臉孔，梅梅呼地吐出一口氣。

「讓別人來看，這可是求之不得的好緣分喲。」

「啊？」

「好啦，別擺出這種臉來。」

娼妓所謂的好緣分，跟別人有些落差。

「妳知道一個娼妓有多難找到如意郎君嗎？」

「換作是嬤嬤，會憑銀兩的重量把那種想法一腳踹開的。」

「那是在積攢前往極樂世界的船費，沒辦法啦。」

梅梅一邊開懷大笑，一邊用手指梳理病人的頭髮，塞到耳後。

「再過不久，她似乎打算將我們之中的一個賣出去，因為年紀也不小了。」

梅梅雖然還不到三十，但以娼妓而言已是該退休的年齡了。老鴇必定是想趁她們人老珠黃前賣出去吧。

貓貓沉默地看著梅梅的側臉，她那依然美麗的容顏，感覺彷彿帶有極其複雜的感情，但貓貓不願去深思。貓貓至今仍然不懂那種感情，假如有所謂戀慕的感情，那她必定是留在生下貓貓的女子胎內了。

「不如自立門戶怎樣？」

「哈哈！我可不想被老太婆盯上。」

錢應該存得夠多了，之所以不離開青樓，想必是因為下定不了決心。

「這份行當，我再做一陣子吧。」

說完，梅梅笑了。

○●○

壬氏一臉憔悴地替文書蓋印，看來是昨天發生的事把他搞得有點累。

沒想到相約見面的店，竟然在提供有如煙花巷衍伸出來的接客服務，壬氏嘆了口氣。他又不是去買笑的。

壬氏之所以微服私行，是為了一件不便公開的事。然而他們卻找貓貓幫忙，甚至還讓她與自己同行到半路，就連他也沒想到會這樣。

如此提議的，是在壬氏身邊默默收拾文書的隨從。

他長年侍奉壬氏，也因此常常會策劃某些事。他似乎是為了壬氏著想，但同時也有些部分讓壬氏覺得奇怪。

「高順，你是不是在盤算些什麼？」

聽壬氏這麼說，高順搖頭表示不敢。

「先別說這了，總管覺得如何？踏街怎麼樣？」

「哦，這個嘛……」

壬氏不知該說些什麼感想才好，總之先喝口茶含混帶過。看來高順的確在莫名地關心自己。

為了改變話題，壬氏思考有沒有其他可聊的。

「對了，那姑娘的養父，從前似乎是宦官兼醫官。」

「您是指小貓嗎？若是受過前醫官的培植，會有那般知識就能理解了，不過還身兼宦官啊……」

「對，就是宦官。」

坦白講，後宮醫官的水準並不太高。能夠成為醫官的優秀人物，沒有必要特地去勢進入後宮，一般都是有著某些問題的醫官才會被送進後宮。

「宦官當中有過那般優秀的醫官嗎？」

「就是這點讓我覺得不可思議。」

高順摸摸下頷，沉吟半晌。只要講了這些，這個細心的男子就會幫忙去調查了。

這時，鈴鐺叮鈴地響了起來。

壬氏的書房做了機關，有人來訪時細微振動會讓鈴鐺響起，立刻讓他知道。

高順停下手邊工作站到門口前，等待訪客的來臨。

今天戴單片眼鏡的怪人又來到了壬氏的書房，也不做什麼，只是躺在羅漢床上，小口小口地喝著果子露。

「前日多謝總管關照，哎呀哎呀，事情變得挺有意思的。」

羅漢摸摸下頷，把細眼瞇得更細。

「看來那三兄弟當中，最有能力的果然是小兒子。」

壬氏一邊翻動文書一邊說，這事軍師閣下恐怕早已了然於心。那件事之後，三兄弟乍看之下像是言歸於好，其實不盡然。至今遭到冷落的么弟開始嶄露頭角，大家都認為今後很可能由他來製作獻給宮廷的藝品。他所製作的纖細工藝，就連壬氏來看都覺得精美無比。

壬氏不太清楚發生了什麼事，但那個藥師姑娘一定是知道而故意不說吧。

「使用那種藝品當成祭具，看起來會相當美觀。」

「是啊。」

羅漢這個男子討人厭的地方，就在於他講話總是意有所指。像壬氏這種立場的男子，本來與祭器等事物應該是扯不上關係的。

「那位工匠最後製作的藝品也很令人讚嘆，雖然不過是個金屬零件，卻製作得足以充當祭器。」

「我才在奇怪軍師閣下怎麼會提起那位工匠的事，原來……」

「沒什麼，遭到埋沒的才能沒人發掘，豈不是可惜了？」

羅漢這個男人雖然形跡可疑，但只有這句話的確具有說服力。即使其中別有含意，羅漢只有識人的眼光是貨真價實的。他可以說就是憑著他的指揮若定，昇上了如今的地位。好比現在雖然看起來像在偷懶，但壬氏認為由他所挖掘出的人才，現在想必正在處理他的公務，萬事亨通。

就某種意味來說還真讓人羨慕。

「這跟誰為兄、誰為弟無關，只要有該晉昇的才華就該提拔。」

羅漢講得理所當然，從這方面來說，他在某種意味上算是個可靠的人物，但棘手的地方更多。

壬氏把文書整理好交給文官後，命其從房間退下。

「話說回來，還請軍師把上次的話講完。」

壬氏指的是之前聽到的娼妓之事。難道羅漢在這件事上還打算裝傻？

羅漢以手貼著臉頰，笑嘻嘻的。

「那種事還是問局內人比較快。」

羅漢如此說完後站了起來，隨從官員呼了口氣，好像是高興他總算願意回去了。

「哎呀，時間不早了，待太久會被部下罵的。」

羅漢收拾起果子露，把另外準備的一個酒壺放到了壬氏桌上。

「就送給總管房間的宮女喝吧，不會太甜，很順口的。」

中年武官揮揮手說：

「那麼，明日再見。」

說完，就揚長而去了。

九話　羅漢

昨夜，貓貓做了個怪夢。

是昔日的夢……不，是昔日可能發生過的夢。

她不可能記得，也不知道是否真有其事。

（可能是因為照顧了那個女人吧，讓我想起舊日的事物。）

一名成年女子從上方俯視著貓貓，披頭散髮，臉頰消瘦，用炯炯有神的飢渴目光瞪著貓貓。化的妝都掉了，胭脂畫到了嘴唇外。

女子伸出手，貓貓的左手被她抓住。那手像楓葉一樣，可以看到小不隆咚的凹痕。

女子右手握著刀，抓住貓貓那手的左手纏著好幾層又紅又溼的布條。布條輕輕飄動，隱約有股鐵鏽味。

貓叫般的聲音從聲帶漏出，她明白到那是自己的哭聲。

左手被按在棉被上，女子高高舉起右手。歪扭的嘴唇在顫抖，紅腫的雙眼堆著淚水。

（傻女人。）

女子就這樣把小刀揮砍下來。

「哎呀哎呀，妳睏了嗎？要再晚一點才能睡覺喲。」

水蓮對打呵欠的貓貓如此說。

用詞遣句雖然客氣，但這位老嬤子其實挺不好惹的，因此貓貓端正姿勢，將銀製食器充分磨亮。休假完第二天就精神渙散完全是自己的錯，不能拿時間已經到了傍晚當成鬆懈的藉口。

「小女子不睏。」

都是因為作了那個有點奇怪的夢害的，貓貓以為只要照常做事，很快就會忘了，沒想到莫名地縈繞腦海。貓貓臉上浮現起苦笑，覺得這樣很不像自己。

貓貓將盤子叮叮噹噹地疊起放回架子上時，聽見了喀喀的腳步聲。房裡已經點燃了蜜蠟蠟燭，主人回府的時間到了。

壬氏走過起居室，一路來到廚房。水蓮正將菜餚盛進貓貓擦得乾淨的盤子裡。

「這是怪人送的伴手禮，妳跟水蓮喝吧。」

壬氏把酒壺放在桌上。怪人指的大概是這陣子老逗弄壬氏的討厭官員吧。

貓貓打開瓶栓，就聞到酸酸甜甜的柑橘香，可能是果子露。

「是怪人送的啊。」

貓貓用不帶半點感情的聲音回應。

壬氏進入起居室後躺在羅漢床上，貓貓替火盆添點木炭。

高順看見木炭快要見底，離開了房間。大概是要去拿更多木炭吧，不愧是做事勤奮的男子。

壬氏動作粗魯地一邊抓頭一邊看著貓貓。

「妳跟綠青館的常客很熟嗎？」

突然被問到這種問題，讓貓貓大惑不解。

「若是行事招搖的客人。」

「有哪些常客？」

「小女子必須守密。」

冷淡的答案讓壬氏皺起眉頭。

他似乎發現是問問題的方式不對，於是換了另一種說法。

「……那麼，如何才能降低娼妓的身價？」

他用莫名鄭重的語氣開口。

「總管問了讓人不愉快的事。」

貓貓輕嘆一口氣。

「方法多得很，特別是高級娼妓。」

最高級的娼妓一個月只需要做幾次事，工作不多。當紅名妓並不會常常接客，反而是暗娼等三餐無以為繼之人才需要每日接客。

越是地位崇高的娼妓，越是不喜歡拋頭露面。露面次數少，那些尋芳客會兀自提昇她們的身價。

她們學習詩詞歌舞，以才藝接客。

在綠青館，還在當見習娼妓時就會接受全套教習，其中會分成容貌姣好而有前途之人，以及其餘之人。

後者初次露面之後立刻會開始接客，不是賣藝而是賣身。

有前途的女子會從奉茶開始，長於掌握客人心理的話術之人以及聰明靈慧之人，身價會不斷上漲。接著店裡會故意減少當紅名妓的露面次數，就完成了光喝茶就要花掉一年銀兩的花中之魁。

因此，也有一些娼妓在贖身之前從未讓客人碰過。只能說這就是男人的浪漫，任誰都希望能由自己第一個折花。

「沒人碰過的花才有價值。」

貓貓焚燒具有鎮靜效果的香。最近這陣子都是為了疲勞的壬氏焚香，不過今日對貓貓似乎也有幫助。

「一旦折下，身價就減半了。更進一步來說……」

貓貓輕呼一口氣，吸進了鎮靜香。

「若能讓她懷孕，更將是毫無身價可言。」

貓貓自認為講得不帶感情。

她覺得真是作了個惡夢。

○●○

壬氏心想「不知道是怎麼回事」，深深呼出一口氣，同時在文書上蓋印。

昨晚藥師姑娘莫名感慨的話語讓他難以忘懷，而巧的是想必知道答案的人來了。

「打擾了。」

伴隨著叩門聲，笑得邪門的狐狸般人物，一如昨日所說的現身了。

而且還設想得周到，讓部下把附有柔軟坐墊的羅漢床搬了過來。

這人到底打算賴在這裡多久？壬氏的臉差點沒抽搐起來。

「繼續聊昨日的話題吧？」

羅漢拿帶來的酒壺替自己斟果子露。

他連茶點都帶來了，把飄散酥（奶油）香的烘焙點心放在滿是文書的桌上。可以不要把點心直接放在上面嗎？高順看到文書上的油漬，不禁以手扶額。

「軍師似乎做出了挺惡毒的事，是吧。」

壬氏一邊替文書蓋印一邊說。雖然文書上寫什麼完全沒看進去，不過既然身後待命的高順什麼也沒說，應該沒有問題。

從貓貓的回答，大致可以猜出這個奸詐狡猾的狂人做了什麼。

而且，另一個令人難以接受的臆測在腦海中浮現。

他不是無法理解，而且也說得通，在幾個點上也讓人茅塞頓開。

此人為何拿綠青館的贖身一事找自己爭論？

為何要提起以前老相好的事？

然而，他不想接受這件事。一旦接受，問題想必會變得更複雜。

「說成惡毒未免太失禮了，一個扒手沒資格這樣說我。」

羅漢瞇起單片眼鏡下的眼睛，笑了起來。

「我好不容易才說服老鴇，可是花了十年以上啊。你應該設身處地想想被人橫刀奪愛是什麼心情。」

羅漢傾杯喝下果子露，杯裡漂著碎冰，發出鏘啷一聲。

「你要我把油豆腐還來？」

壬氏以「油豆腐」形容的，是個不愛理人的嬌小姑娘。

「非也，要多少錢我都出，我可不想重蹈覆轍。」

「若是我說不呢？」

「總管若是拒絕，我也無話可說。天底下能違逆**殿下**的人，比一隻手的手指更少。」

羅漢用一種步步斬斷對方退路的方式說話，讓壬氏感到極其坐立難安。

這個男人知道壬氏是什麼人，所以才會這麼說。

因為他的說法，基本上還算合情合理。

羅漢摘下單片眼鏡，用手巾擦擦，確定模糊的地方擦乾淨後，再戴回左眼上。他直到方才都是戴在右邊，由此可見眼鏡只是戴好看的，不愧是個怪人。

「只是，問題在於**小女**是怎麼想的。」

羅漢強調「小女」二字。

唉，真討厭。換言之就是這麼回事了。

這是壬氏不願接受的事實。

羅漢是貓貓的親生父親。
壬氏蓋印的手完全停止下來。
「可否請總管轉告她，我總有一天會去見她？」
羅漢舔舔沾滿酥油的手指後，就離開了書房。
羅漢床放著沒帶走，大概是表示還會再來吧。
壬氏與高順並沒有事先說好，卻同時低下頭去，嘆了一大口氣。

「有個官員說下次想見妳。」
壬氏一回到住處，由於也不好隱瞞不說，於是老實地告訴了貓貓。
「是哪位大人？」
貓貓在面無表情的臉孔底下似乎隱藏了某種急躁，但口氣一如平素地冷靜。
「哦，此人叫羅漢……」
壬氏還來不及把話講完，貓貓的表情變了。
壬氏不由得睜大雙眼，後退了半步。
至今壬氏在她的眼裡，就像金龜子、乾蚯蚓、汙泥、草芥、蛞蝓或是壓扁的青蛙，總之遭受過她的各種侮蔑眼光，但他現在才發現那些眼光都還算太溫和了。

這實在並非筆墨或口舌所能形容。

就算是壬氏，被她用這種眼光一瞧，恐怕也會了無生趣。

如同擊潰內心的根基，灌入煮滾的鐵漿，使其灰飛煙滅一般。

貓貓露出的是這種表情。

光是這樣，就讓壬氏彷彿知道了那個男人在女兒心目中是何種存在。

「……我會設法回絕。」

「謝總管。」

壬氏茫然若失，只能擠出這句話來。

他甚至驚訝於自己的心臟沒有停止跳動。

貓貓變回原本不愛理人的神情後，就回去做自己的差事了。

十話　翠苓

（果然被發現了。）

關於日前壬氏提及的人物，貓貓早有此預感了。貓貓之所以避著不想去軍府，也是因為與那人物有關。

貓貓呼地吐出了一大口氣，呼氣泛白證明了天氣仍然寒冷，春天的腳步還很遠。

房間裡沒有任何人，壬氏一早就跟高順出去了。貓貓侍奉他差不多兩個月，發現壬氏似乎有定期的差事，頻率大約是每半個月一次。他會在前一天慢慢入浴，焚過香之後才動身。

在這段時間內，貓貓會把地板好好擦亮，今日一樣是拿抹布把地板擦得嘰嘰作響。雖然手會凍僵，可是因為水蓮會委婉但一絲不苟地監督，所以想偷懶也偷不成。

把半棟樓房的地板擦乾淨後，水蓮這才給了合格，問貓貓要不要喝杯茶。

貓貓與水蓮在廚房圓桌旁擺下兩把椅子，享用熱茶。雖說是泡到無味的茶葉，但用的是頂級的茶，因此還留有芬芳的香氣。貓貓一邊享受芳香與回甘，一邊大嚼芝麻球。

（好想來點鹹的喔。）

她自然不能要求這麼多，人家是認為年輕姑娘都喜歡吃甜的，才會這樣為她準備。貓貓一邊看著一邊想「要吃得高興點才行」時，發現水蓮津津有味地吃著香脆的薄燒煎餅。

「……」

「這個鹹度恰到好處，會上癮呢。」

不愧是壬氏的老嬤子。貓貓一面這麼想一面把手伸向煎餅盤子，但就連最後一片都被水蓮搶去了。

嗯，她一定是故意這麼做的。真是位不好對付的侍女。

在開茶會時，貓貓總是只負責聽，而在跟水蓮喝茶時也一樣。水蓮的話題不像煙花巷或後宮女子她們愛聊八卦，頂多就是聊起這裡的主子，講個三言兩語罷了。

「今日要吃齋，所以妳也不能碰魚啊肉的喲。」

「是。」

貓貓不會不知趣地問為何要做類似祓濯的事，然而這位名喚水蓮的侍女，就是會語帶暗示地說話。

（宦官也能主持祭祀嗎？）

講到進行祓濯之事，就會想到主持祭祀的人物。假若是出身高貴之人，即使受任主持一兩場祭祀也不奇怪。

對於壬氏，貓貓有幾個地方不明白。例如像他那樣出身高貴之人，為何會跑來當宦官？

然而想想他成為宦官的時期，倒也不是不能理解。

人稱女皇的前代皇太后，是一位不讓鬚眉的女中豪傑。先帝即使人稱愚鈍，卻沒有亂了國政，據說就是因為有她在。然而另一方面，她也時常憑恃著權力行事。

例如因為欣賞曾是優秀醫官的阿爹，而不容分說地逼他成為宦官。

假如說壬氏也是出於同個理由被迫成為宦官，她可以理解。

「還有，下午可以麻煩妳跑個腿嗎？我想請妳跑一趟尚藥局抓藥——」

「遵命！」

水蓮話都還沒說完，貓貓已經精神百倍地回了話。

「要是平素都能這麼有精神就好了。」

水蓮好像覺得傻眼，吃了剩下的煎餅。

尚藥局位於外廷偏東的位置，之所以靠近軍府，可能是因為傷患多吧。

貓貓想起了日前壬氏說過的話，但她對這兒的尚藥局抱持著強烈興趣。她之前看過藥方，知道這兒的醫官很優秀；後宮的尚藥局由於是讓庸醫管理，所以好東西都糟蹋了。貓貓對於在這邊是如何活用藥材的很感興趣。

「小女子是來抓藥的。」

說完，貓貓將水蓮交給她的牌子拿給對方看。瘦臉醫官看過牌子後，叫貓貓坐下，就走去內室了。

貓貓坐到椅子上後吸了一大口氣，這裡充滿了讓苦味在口中擴散的氣味。她看看醫官方才坐著的桌子，上面放著研缽，裡面有磨碎的藥草。

貓貓心癢難耐，但勉強壓抑忍耐著。假如可以，她好想在這尚藥局裡東翻西找，細細瀏覽隔壁房間裡的藥櫃。

（不行，不可以，給我忍住。）

就在貓貓雖然一邊勸說自己，身體卻又自然而然慢慢往隔壁房間移動時……

「妳在做什麼？」

女子冷漠的嗓音傳來。貓貓心頭一驚，回頭一看，在她背後站著一位一臉傻眼的女官。

貓貓發現自己停頓在一個極其怪異的動作，於是慢慢將身體拉回普通的姿勢。

「小女子只是在等藥罷了。」

貓貓見過這位高個子的女官。

「……」

女官似乎有話想說，然而貓貓裝作若無其事的樣子坐回椅子上。正好就在這時，醫官拿著藥回來了。

「哦！翠苓，妳來啦？」

醫官用十分親暱的口氣說。喚作翠苓的女官似乎並不喜歡這種口吻，皺起了眉頭。

「小女子是來拿哨站的常備藥的。」

既然說是哨站，可能是軍府那邊來的。這讓貓貓想起，以前她曾在軍府附近見過這名女子。當時她覺得這名女子似乎無故排斥自己，而看到剛才的反應，貓貓知道那不是自己多心了。女子用一種嫌礙事的神情看著貓貓。

這下貓貓知道日前她身上何以會散發出藥草味了。

「已經準備好了，還需要其他東西嗎？」

「沒有了，那麼恕小女子告退。」

相較於態度莫名親暱的醫官，翠苓態度冷淡地回去了。醫官有些失落地看著她的背影。

（是這麼回事啊。）

真是好懂。貓貓邊想邊看著沮喪的醫官。醫官一注意到貓貓的視線，立刻板起面孔，拿出了她要的藥。

「是在軍府執事的女官嗎？」

沒什麼特別意思，貓貓只是有點好奇就問了。

「是啊，本來是不用當什麼女官的……」

「？」

貓貓偏著頭湊過去一看，醫官露出猛一回神的表情搖了搖頭。

「沒什麼，別說這些了，藥拿去！」

醫官把布包塞給貓貓，就揮了揮手趕人。

看來是醫官說溜嘴講錯話了，但貓貓聽不太懂。

（不用當什麼女官嗎？）

貓貓認為沒必要深究這句別有含意的話，打開了拿到的布包，裡面放了某種粉狀物。

貓貓的壞習慣就是看到不明物體就往嘴裡放，沒辦法。

「是薯粉嗎？」

貓貓偏著頭回房間去了。

「有沒有其他事要去尚藥局辦？」

貓貓隨口問了一下水蓮，但老練的侍女說：

「不可以偷懶喲。」

她委婉但堅決地否決了。

（我沒要偷懶啊。）

只是想再聞一下那股藥味罷了——貓貓想。

「還有……」

水蓮擦擦做完洗刷工作的手。

「妳好像把一些奇怪的草偷偷放在這裡的倉庫，這是不可以的喔。」

還不忘警告貓貓一句。

貓貓一邊臉頰抽搐，一邊擰乾抹布擦地板。或許該說薑是老的辣吧，她比翡翠宮的侍女長難對付得多了。

「假如嫌房間小，不如向壬總管請求看看如何？這裡有很多房間空著，只要拜託一下，說不定會准妳用喲。」

水蓮用莫名開朗的語氣說。

（是這樣嗎？）

以前貓貓說過想借用馬廄，是對方拒絕的。

「不了，小女子怎可將貴人的居所當成藥櫃。」

聽貓貓堅決地說，「哎呀哎呀。」水蓮用手掌遮住了嘴。

「小貓看起來大而化之，沒想到對這種事區分得還滿清楚的呢。」

初入老境的侍女坐到椅子上，感慨良深地說。

「小女子出身卑微，現在能在這裡都已經是段奇緣了。」

「說得是，不過……」

水蓮目光飄遠，望著不時仍在飄雪的窗外。

「即使是出生高貴，我希望妳不要從一開始就將對方當成異己。畢竟世事無定，難以預料啊，只用身分區隔一切就太可惜了。」

「這樣啊。」

「是呀，就是這樣。」

水蓮如此說完笑笑後，從椅子上站了起來。然後她拿了個沙沙作響的大籠子過來，裡面塞滿了垃圾。

「來，該幹活了，小貓，幫我把這拿去扔了好嗎？」

水蓮笑得溫柔婉約，但籠子比半個貓貓還高，而且沉甸甸的富有重量感。

在壬氏的樓房，垃圾不能隨便找個下人下女去丟。因為有人會翻垃圾，多的是想從中獲得戰利品的好事家。

「去垃圾場會經過尚藥局前面，只是從前面經過的話沒關係喲。」

（那豈不是活生生折騰死我？）

貓貓一邊臉頰抽搐，一邊揹起籠子，差點站不穩。

到底累積了多少垃圾？貓貓看著肩上留下的清晰揹帶痕跡，如此心想。她在外廷東側的垃圾場將籠子交給下人，拉了拉衣襟。

就這樣，某位貴人的垃圾沒被任何人挖掘一番，平安化成了灰燼。不知道那位大人不必要地迷惑了多少旁人，真是可悲可嘆。

貓貓原本心想「既然差事辦完了就回去吧」，但無意間一樣東西映入了她的眼簾。

（那是！）

在離垃圾場有點距離的地方，可以聽見馬嘶聲，所以或許是馬廄，在那裡自然生長著難以稱為雜草的東西。

貓貓東張西望確認四下無人後，朝著目標往前跑去。那乍看之下只是枯草。

貓貓聞聞枯葉的味道，然後挖起根部，下面長出了根莖，附著小巧但像是薯類的部分。

這種根莖類蔬菜可以拿來當成佐料，並不是什麼罕見的植物。只是竟然會就這樣跟雜草長在一起，讓她覺得很不可思議。

（因為在馬廄後面，所以泥土很營養？）

但是照常理想，她不覺得它會生長在這種地方。

貓貓環顧四周。
附近有個矮丘，上頭似乎長滿了許多類似草本的植物。
貓貓放下籠子衝上矮丘。
矮丘上有塊將泥土耕耘得柔軟肥沃的田地，長在裡頭的不能說是蔬菜，盡是些氣味強烈的花草。雖然由於季節的關係而缺乏色彩，但豐富的種類已足以讓貓貓兩眼發亮。
貓貓開心地一個個確認是何種藥草，這時一陣踩踏泥土的沙沙聲靠近。
「……妳在做什麼？」
背後傳來傻眼的聲音。
趴在地上的貓貓回頭一看，高個子的女官就站在那兒。她手持鐮刀，另一隻手提著小籃子。她就是日前那個被喚作翠苓的女官。
（糟糕。）
這樣子貓貓怎麼看都是個可疑人物。要是她右手一揮鐮刀砍過來就慘了，貓貓決定辯解一下。
「請放心，我什麼都還沒摘。」
「我可以認定妳正要摘嗎？」
她的反應相當冷靜。鐮刀沒有砍過來，而是跟籃子一起放到了地上。

「身為農民，看到好田地總是會想看看。」
「哪裡的宮中會有農民啊。」
貓貓覺得說得有理，但既然有田地，有農民應該也不奇怪才是。
聽到貓貓牛頭不對馬嘴的回答，翠苓大嘆一口氣。
「我並不打算責怪妳，畢竟這裡不是官方用地。不過醫官基本上也知道這個地方，所以妳還是少來為妙。」
翠苓一邊這麼說，一邊拔掉小小的雜草。
「姑娘負責照料這塊地嗎？」
「不一定吧，人家只是讓我種我喜歡的東西罷了。」
貓貓覺得她講話有氣無力。貓貓自己的個性也算不上活力充沛，而這名女子似乎跟自己屬於同一類人。只不過她似乎還具備了一點社交性格，能夠夾雜在其他女官之中找貓貓的毛病。
「姑娘栽種了什麼？」
「……」
翠苓一聲不吭地看著貓貓，只看了一眼，隨即將視線轉回地上。
「返魂藥。」

翠苓輕聲說出的名詞讓貓貓興奮地喘著大氣，她忍不住想抓住對方問個明白，但用上僅有的理性控制住自己。

看到貓貓這種反應，翠苓說了殘酷的一句話：

「說笑罷了。」

「……」

大概貓貓的失望表情擺得太明顯了，女官臉上浮現出有氣無力的笑意。

「聽說妳是藥師。」

貓貓一邊心想「她是從哪裡聽說的？」一邊點了個頭。翠苓再次變得面無表情，然後拔掉了枯葉。她留下粗壯的根，用**鐮**刀割下葉片的部分。

「不知道妳有多少本事。」

貓貓覺得她講話簡直像在挑釁。貓貓偏著頭，只回答「不曉得」後，「這樣吧。」翠苓站了起來。

「我每年都會在這裡種**牽牛花**，不過要再過一陣子才會著手。」

如此說完，翠苓就採了些需要的藥草，走下矮丘離去了。

（返魂藥啊。）

假若真有此物，貓貓是真的想要得不得了。

在歷史上，至尊至貴之人都在尋求的這種靈藥，有真正存在過嗎？不，貓貓認為不能說沒有，只是她搖搖頭，覺得那或許不能稱為「返魂藥」。

貓貓漫不經心地望著田地，一下想著借用一點好了，一下又告訴自己不可以，持續了半晌的自問自答，結果拖延了回去的時間。

那天，貓貓受到水蓮不動聲色的嚴格對待，連天花板的柱子都擦了一遍。

十一話　偶然或必然

當貓貓一如平素地打掃外廷迴廊時，有人拿一件怪事來找她商量。一個大塊頭神色有些慌張地靠近，貓貓凝目一看，似乎是大型犬李白。

「怎麼了嗎？」

貓貓放下抹布問道。

這個身為武官的男子，本來不會來到壬氏的書房。他既然來到貓貓面前，可見應該是有事找她。

「還問我怎麼了，發生了一件麻煩的問題。」

「麻煩的問題嗎？」

既然會特地跑來這裡，想必他是傷透了腦筋。畢竟別看李白這樣，他並不是閒著沒事做。

「之前不是有間倉庫起了小火災嗎？後來才知道有另一間倉庫似乎也在同一天遭了小偷。」

李白一邊用力抓著頭一邊說。

「怎麼想都是趁著當時的騷動下的手。」

原來是這麼回事啊。貓貓雙臂抱胸。

「什麼東西被偷了？」

「……」

李白陷入沉默，一邊露出有些尷尬的神情，一邊輕拍了幾下貓貓的肩膀，看來這事必須避人耳目。貓貓在他的催促下，離開迴廊走向庭院。到了略為受到樹木遮掩的地方，李白蹲下去，用食指抵著嘴開始講起。

「祭器不見了。」

「祭器？」

貓貓沒想到會是這麼奇怪的東西失竊。

「好像有幾件不見了，但詳細情形不是很清楚。」

李白曖昧地偏著頭說道。

「管理得這麼馬虎？」

「不是，其實本來不是這樣的，是那裡負責管事的人正好不在。長年深入從事這方面事務的高官又在去年死去，真的很傷腦筋。」

也許是人事方面的糾紛讓高層起了變化。

「那麼問之前的管理人不就行了？」

「問題是前任管理人目前還不能回到工作崗位，所以才傷腦筋。他不久之前食物中毒，到現在還沒清醒過來。」

李白說著「真不知如何是好」並大嘆一口氣。

（食物中毒？）

貓貓喚醒記憶，想想那場小火災之後沒多久，好像就發生了某件事。

某件幾乎與小火災發生在同一時期的案子——

「大人說的該不會是一位愛吃珍饈的官吏吧？」

聽貓貓這麼問，李白睜大了雙眼。

「妳怎麼知道的？」

「因為一些原因。」

小火災、竊盜與管理人不在崗位，這些都是偶然發生的嗎？

要說是偶然或許是偶然，但總覺得教人納悶。而且李白還提到了一件令人在意的事。

「您說去年過世的高官，是什麼樣的一位大人？」

李白用食指按著額頭呻吟了起來。

「叫什麼名字來著？只記得是個耿直出了名的大叔，呃，呃——想不起來叫什麼名字耶，倒是記得他喜歡吃甜食什麼的。」

「該不會是浩然大人吧？」

貓貓也勉強喚醒記憶，想起了去年壬氏告訴過她的人名。那是一位嗜甜的耿直男性高官，死於鹽分攝取過多。

「啊，就是他！咦，妳怎麼會知道啊？」

「因為一些原因。」

李白會驚訝也是無可厚非，貓貓也沒樂天到會認為這一切全是偶然。

每件事乍看之下都是意外，然而如同魚膾那件事，這些不見得都是意外。

能不能將這一切想成為了一個共通目的，而故意引發的事件？

貓貓看著李白。

「那麼李大人找小女子有何事？」

「對了，進入正題！」

李白翻翻找找，從懷裡掏出了某件東西。一看，是之前貓貓在起火倉庫撿到的象牙菸管。她將菸管洗乾淨，重新做好之後交給了李白保管。記得他說過會找機會幫貓貓還給倉庫看守……

「不是，對方退還給我了，說他不想要。」

聽說倉庫看守必須承擔小火災的責任，因而遭到解僱。貓貓以為菸管是昂貴物品，結果好像是人家送他的，還真慷慨。

「好像說是某個女官送他的，但妳不覺得很奇怪嗎？幹麼特地把這種東西送給倉庫看守？」

「有些人是會這麼做。」

假若是娼妓，收到討厭客人贈送的禮物會早早變賣，或是轉送他人。

不過，也可以換個想法。

「如果拿到這麼貴重的物品，應該會想立刻用用看吧。」

不能說所有人都是如此，不過這種個性的人相當多。而假如對方就是針對這一點——然後趁著人群聚集到發生小火災的倉庫，警備變得鬆散時溜進去……

關於這點，李白似乎也已經想到，在貓貓提問之前先說了出來：

「很遺憾，看守表示那裡很暗，沒看清楚送他這個的女官長什麼樣子。」

一個女官摸黑走來走去也實在奇怪，就算身在外廷，也不該一個人悠悠哉哉地亂晃。可能是出於好意吧，聽說倉庫看守一路送她到城外，對方為了道謝才送他這個。而且因為天氣還很冷，女官包著圍巾，遮住了臉部附近。

「不過看守說對方以女子而言身高較高，而且似乎有股藥味。」

「藥味？」

「從身高判斷，我知道不是妳，但總覺得有點在意。妳知道些什麼嗎？」

李白這個男人雖然是個大塊頭，但直覺很準。

（不能說完全不知道。）

也許現在應該坦白說出來，但同時，貓貓想起了阿爹的口頭禪——不可以用臆測的方式論事。

貓貓考慮了半天，最後說出了折衷意見：

「除了大人方才提到的事故或事件，是否還有其他神祕難解的狀況？」

「問我我也不知道啊，很多事還是妳現在告訴我，我才發現的哩。」

李白雖這麼說，但仍雙臂抱胸沉吟起來。

「假如我去調查這點，會查出些什麼嗎？」

「或許會，或許不會。」

「到底會不會啊？」

李白一臉傻眼地看著她。

貓貓蹲下去，撿起一根棍子在地面畫圈圈。

「同時發生兩種偶然是常有的事。」

她再畫一個圈，讓圈圈有一半互相重疊。

「同時發生三種偶然也不是不可能。」

她再畫一個圈圈重疊上去。

「但多種偶然同時發生時，您不覺得那就是必然了嗎？」

貓貓把三個圈圈重疊的地方塗滿給李白看。

「假如一名神似那個女官的人出現在這必然之處，大人覺得如何？」

「原來如此。」

李白捶了一下掌心。

以貓貓來說，即使這樣使得那個名叫翠苓的女官有了嫌疑，也不關她的事。

「看不出來妳這麼聰明。」

李白一邊豪邁地笑著，一邊拍打貓貓的肩膀。

「李大人就跟看起來一樣力氣大，所以手勁請輕一點。」

貓貓半睜著眼瞪著李白，忽然覺得脖子上有股毛骨悚然的涼意。她不解地回頭一看，發現有個人瞪著他們，目光比貓貓還凶。

「你們好像很開心啊。」

嗓音明明宛轉動聽，卻有種莫名的黏膩感。李白看到說話的人，嚇得身體往後仰。

「……並沒有很開心啊。」

壬氏把半個身體藏在樹後，目不轉睛地盯著他們瞧。高順在他背後，用一如平素的傻眼神情皺著眉頭。

笨狗匆匆忙忙地回去了，只剩貓貓跟不知怎地心情很壞的壬氏待在一塊。她走進書房，不得已只好去泡茶。

「妳跟那男的感情似乎很好啊。」

「有嗎？」

貓貓用溫熱過的茶壺咕嚕咕嚕地倒茶。用陶器茶杯喝茶應該比較好喝，但壬氏使用的食器幾乎都是銀器。

貓貓至今仍搞不太懂這名男子的政治地位，他不只是出入後宮的宦官，也會像這樣在外廷當差。

「那個男人是武官嗎？」

「就如總管所見。他似乎是有事想知道，所以來問小女子。」

李白所說的話，不能說跟壬氏毫無關係，因為跟浩然那件事也有所關連。

貓貓替茶附上茶點，端到了桌上。
「可否准許小女子詳細說來？」
壬氏一語不發地啜飲了茶。

簡單扼要地講完後，壬氏板著臉閉起了眼睛。
「想不到事情之間會有這種奇妙的關聯。」
「是的。」
壬氏沒碰茶點，高順板著臉站在書房門口。
「那麼，妳認為其中有什麼祕密？」
「這個小女子不知。」
貓貓坦率地說。
貓貓的見解是「不明白對方的企圖」。每個事件都難以判斷是罪案還是事故。只有一件事是肯定的，就是由於每件都不夠確實，因此也不易被別人看穿。
「看起來也像是與其要確實完成其中一件，毋寧設下重重陷阱，只要其中幾個成功即可。」
聽了貓貓的見解，壬氏啜飲茶杯裡的茶。茶杯似乎喝乾了，貓貓重新準備一杯茶。

「看來是這樣。這麼一來，有可能還有其他機關。」
「小女子無法斷言就是了。」
如果有人告訴貓貓這一切只是重重巧合，她也只能回答「或許吧」。
「嗯——妳不感興趣？」
「感興趣？」
這樣問貓貓，她會不知該如何回答。
（我並不是抱著好玩心態愛管閒事。）
只不過是碰巧看到一些讓她在意的事情罷了，況且真要說起來，太多人喜歡拿棘手問題來找她了。
貓貓她只想安安穩穩開藥鋪，在檐廊一邊悠閒喝茶一邊作藥物實驗。
「小女子不過是個下女，只會按照吩咐做事。」
「是嗎？」
壬氏一臉無趣地看著貓貓，用手指轉動毛筆當消遣。他似乎對茶點沒興趣，把它推到桌邊去了。貓貓覺得他的表情莫名地年輕。
「那麼，這樣如何？」
壬氏咧嘴一笑，把高順叫了過來。他在高順耳邊呢喃幾句後，高順擺出了一副明顯不情願的表情。

「……壬總管。」

「就是這樣了，有勞你去安排。」

高順不甘不願地點個頭後，壬氏把手裡轉動把玩的毛筆沾滿墨水，動作流麗地在紙上寫字。

「日前我到貿易商那邊巡視，聽說進了件有趣的商品，名字是這麼寫的。」

他啪啦一聲把紙拿給貓貓看，貓貓的眼睛亮了一下。

紙上寫著「牛黃」。

「想要嗎？」

「想要！」

一回神才發現，貓貓把腳擺到壬氏的公案上，逼近過去。

牛黃是一種藥材，就是牛的膽結石。此物據說一千頭牛當中只有一頭可取得，被視為最高級的藥材。

這東西在貧窮煙花巷的藥舖難得一見，是令人望眼欲穿的珍品。

這個宦官是怎麼回事？難道說他要把牛黃送給我？真的？不會是騙我的吧？

壬氏看到貓貓整個人逼近過來，身體有點後仰。貓貓被高順拉了拉袖子，才終於發現自己做出了相當不莊重的行為。她慢慢爬下公案，拍拍衣裙將它弄整齊。

「……好像總算有幹勁了啊。」

「真的會賜給小女子嗎？」

貓貓雙眉直豎注視著壬氏，壬氏則跟方才不同，露出了有些成熟的表情。貓貓覺得這種表情他常在後宮使用，是用來誘騙宮女的眼神。

「視辦事成效而定。有什麼消息我會逐一給妳。」

壬氏把紙揉成一團扔進棄物簍後，臉上浮現出心蕩神馳般的笑意。

貓貓對這種笑容毫無興趣，不過只要這個男人會按照辦事成效給她想要的恩賞就好。

「小女子領命，一切盡如壬總管心意。」

貓貓如此說完，就把茶杯與沒碰過的茶點收拾下去。

十二話　中祀

貓貓按照吩咐，從翌日下午起都窩在書庫裡。這座書庫保存的是公家文書，裡面的霉味很重。

臉色蒼白的文官拿了大量卷軸過來。此處似乎沒有其他官員，給人一種標準的閒職感。

（偶爾要曬曬太陽，否則有害健康的。）

貓貓攤開以高級紙張作成的卷軸，上面一條條寫出這數年來宮廷內發生的事故或案件。這並非機密文書，屬於只要提出申請就能閱覽的公家文書。

貓貓若有所思地讀過這些項目。幾乎都是常見的事故之類，但還是有幾件事讓她在意。

（例如食物中毒。）

這種問題一般以為大多發生在夏季，其實冬天也有，秋天也有人吃蕈類中毒。

貓貓拜託文官，請他拿更多卷軸過來。

閒著沒事做的文官不嫌麻煩，反而好像很高興有事可做。看來他並不是自願在這種地方消磨時光，而且對貓貓調查的事也多少有點興趣，頻頻偷瞄著她。

貓貓無視於文官的目光，翻閱著符合條件的書頁。這是日前那個案子的資料。

（禮部？）

發生食物中毒的官員似乎是禮部人員，上面寫著類似的官職。貓貓不太精明的記憶告訴她，禮部應該是掌管教育或外交的官署。假如有認真準備女官考試，應該會記得更清楚。

「有哪裡不清楚的嗎？」

面有菜色的文官向貓貓搭話，看來是太閒了不知如何消遣。

「是，想請問這是何種官職？」

貓貓心想事到如今不用再為了無知感到羞恥，於是試著詢問。這問題聽起來一定很蠢。

「哦，這是掌管祭祀的官職。」

文官有點自豪地說。

「祭祀？」

這讓貓貓想起來，之前說過那人是管理祭器的。

「是啊，需要我把詳細解說的書籍拿過來嗎？」

文官親切地告訴貓貓，但貓貓沒理會，腦袋開始咕嚕咕嚕地轉動起來，她忍不住用力拍了一下眼前的長桌。

這聲巨響把文官嚇得整個人都僵住了。

「有沒有紙筆之類的？」

「啊！有。」

貓貓一頁頁翻閱方才調查的案件帳簿，每件公務都分別列出了相關官署與時期。

偶然與偶然重疊就成了必然。

她將幾個偽裝成偶然的事故重疊在一起，尋找其中的共通之處。

「祭祀、祭器……」

祭祀儀式一年到頭都會舉行，不是什麼稀奇事。大祭由皇族主持，小祭有時由村長等職位主祭；而會用到日前失竊祭器的，應該是中祀以上的祭典。

（中祀啊。）

這讓貓貓想起來，壬氏也常常進行祓濯儀式。想知道祭祀的事，問那位宦官或許比較快。

「妳對祭祀有興趣嗎？」

不只清閒，個性也挺善良的文官，拿了好大一份設計圖過來。

「這是……」

上面繪有精細的祭場圖畫，中央有祭壇，上方有縑帛飄舞。放在下方的大鍋狀器具，可能是用來焚火的。

「很奇特的構造是不是？」

「是呀。」

以氣氛來說很莊嚴，從天花板垂掛下來的縑帛上似乎寫著某些文字，也許每回舉行祭祀都會增加內容。

（每次都要裝上去應該很辛苦吧。）

貓貓就是會想到這種現實的問題。掛在這麼高的位置，要架梯子都不容易吧。就在貓貓邊看邊想時——

「畢竟它結構特殊，還特地在天花板上吊大柱子。然後每回都要放下來，補上祝文。」

「……大人知道的真多呢。」

貓貓盯著面有菜色的文官瞧。

「是啊，說來丟臉，我從前的職位比現在的重要多了。但我好像犯了點錯，就被貶到這兒來了。」

他又補上一句：「我以前在禮部當差。」原來如此，難怪此人莫名喜歡找貓貓說話。

接著，文官講出了一句令人在意的話：

「起初我擔心強度不足，結果沒有問題，讓我放心了。」

「強度？」

貓貓偏著頭，不知道他指什麼。

「柱子不是會吊在天花板上嗎？那柱子可是很大的，一旦掉下來後果不堪設想啊。為了保險起見，我針對強度問題提出了忠告，結果就被貶到這種地方來啦。」

「……」

貓貓瞪著設計圖。假如柱子從天花板上掉下來，最有生命危險的將是在正下方舉行祭祀之人。而在這種情況下，尊貴之人將會犧牲性命。

（強度是問題。）

如果要在上方吊掛柱子，就必須得用某種東西加以固定。假如固定用的金屬零件等等壞了……

（強度。）

附近有一口焚火用的大釜。忽然間，貓貓知道是哪種祭器不翼而飛了。

「！」

貓貓再一次拍打了長桌，然後看著再度嚇得全身緊繃的文官。

「恕小女子失禮！這裡下次舉行祭祀是何時？還有，這個地方在哪裡？」

「這是外廷西端一個叫作蒼穹壇的地方，至於何時祭祀……」

文官一邊翻閱曆書，一邊抓抓耳後根。

「正好就是今日。」

文官話一說完，貓貓連卷軸也沒收拾就衝出了書庫。

（西邊的蒼穹壇。）

貓貓一面奔跑，一面整理腦中思緒。

假如貓貓猜得沒錯，這應該是花上很長時間擬定的計畫。每一件事都不夠確實，但只要設計重重機關，其中幾件事應該會互相呼應。可以說對方是巧妙利用這點，這次終於收到了現在的成果。

（這純粹只是猜測。）

只是猜測罷了，但如果被她猜中，事情會變成怎樣？

其間，貓貓看到了形如五枚圓環堆疊而成的塔。兩側對稱排列著同種建物，官員與其並排站著。從服裝來看，可以看出正在進行某種祭祀。

「喂，妳在做什麼？」

一個髒兮兮的下女想走在這當中，當然會被叫住了。

貓貓嘖了一聲，但還是得快點過去，否則就晚了。如果能找壬氏或高順處理就好了，但他們今日整日外出。

「請讓小女子過去。」

「不行，現在正在舉行祭祀。」

手拿粗糙六角棍的武官瞪著她。他是想克盡職守，想必沒有惡意。

在這種時候，貓貓真氣自己嘴巴笨拙。

「情況緊急，請讓小女子進去。」

「像妳這樣一個下女，想插嘴管祭神儀式？」

說得一點也沒錯。

貓貓只是個下女，不具任何權力。假如被這種毛丫頭講兩句就輕易放行，這個武官有再多腦袋都不夠掉。

然而，貓貓也無法退讓。

（也許什麼都不會發生。）

但等到事情發生就遲了，無法挽回的事總是這樣發生的。

她看著少說比自己高一尺的武官的臉，周圍官員也喧鬧起來，盯著貓貓看。

「小女子不是要插嘴，這事攸關人命，請停止祭祀。」

「這不是妳來決定的，有意見的話，就從投書到招諫箱開始吧。」

這話是旁邊一名官員說的，口氣擺明瞧不起貓貓是個女傭。

「那樣就晚了，請讓小女子過去。」

「不准！」

這樣只是無意義的口角罷了。

貓貓應該就此乖乖作罷，但她就是辦不到。

她露出一個諷刺的淺笑。

「那個祭壇在構造上發現了致命缺陷，可能有人動過手腳。現在不讓小女子進去，您之後會後悔的。小女子已經勸告過有危險了，假如您還是拒絕放行……」

貓貓假惺惺地用手掌遮起嘴，睜大了雙眼。

「啊！莫非是這麼回事嗎？原來如此——」

貓貓輕快地把拳頭敲在掌心裡，臉上浮現挖苦人的討厭笑容。

「您該不會是想繼續妨礙小女子，盼望著什麼事情發生吧？比方說您與動了手腳的賊人是一丘之貉……」

話還沒說完，砰！腦袋傳來一聲悶響。

一回神才發現，貓貓已經躺到地上，視野變得一片空白。

（快昏倒了。）

貓貓明白，但不能真的昏倒。

遠處彷彿傳來方才那名武官的聲音，但她無法分辨內容。總之她知道對方正氣得七竅生煙。被這麼個毛丫頭那樣挖苦當然會生氣了，氣到忍不住動手的地步。

是自己設計對方這麼做的，沒辦法。而如果貓貓因此昏死過去，一切就完了。

貓貓慢慢撐起身子，耳朵在發熱，視野一片白茫茫。當眼前景象慢慢有了色彩時，只見另一名官員正在攔阻高舉手臂的武官。

（鬧事也沒用嗎？）

大概只是形成了一點小騷動，祭祀仍在照常進行，從祭壇那邊傳來了樂聲。

貓貓好不容易才讓搖晃的身體站起來，紅色水滴滴答一聲掉到地面上。

（流鼻血啦。）

沒什麼大不了的，雖然耳朵側邊好像挨打了，但只是發熱，不會痛。

貓貓用拇指按住一邊鼻翼，把血擦掉。周圍官員見狀，起了一陣騷動。貓貓心想在祭祀之地流血或許有失禮數，稍微反省了一下，但沒有閒工夫道歉。

「大人滿意了嗎？」

「……」

在朦朧的視野中，她不知道旁人做何反應，只知道周圍人聲喧嘩。

她沒空在這裡打混。

貓貓有必須去完成的事。

「請讓小女子過去。」

她拉開嗓門響亮地喊道。

（不讓我過去就糟了。）

等到事情發生就太遲了，那樣一切都會無法挽回。

那樣的話……

（就拿不到牛黃了！）

腦袋昏昏沉沉，視野也依然泛白。即使如此，貓貓有著必須站起來的理由。

貓貓緊迫地定睛注視旁人。

「小女子不會要求中斷祭典，只是請大人放小女子一馬，就說不巧有老鼠溜進去了。」

當今皇帝慈悲為懷，想必只有自己一人會丟掉腦袋。

當然，貓貓也不想人頭落地。盡可能向壬氏求情看看好了，假若不行，至少求個自鳩。

「假如把小女子攔在這裡，結果裡面發生了狀況，那可怎麼好？裡面應該有一位身分尊貴的大人吧，到那時候諸位大人才真的會丟掉腦袋，不是嗎？」

貓貓不知道是誰在裡面，只是從周圍的氣氛可以看出是規模頗大的祭神儀式。

有幾人可能是被貓貓說動了，一語不發地跟旁人面面相覷。但並非所有人都願意善罷甘休。
「要我相信妳一個毛丫頭說的話？」
被這樣講就沒轍了。
貓貓思考著該如何回嘴，只能瞪著阻擋去路的武官時，一陣喀喀跫音傳了過來。
「那麼，我說的話可信嗎？」
後方傳來帶點戲謔味道的聲音，聲音中似乎浮現著竊笑，像在愚弄人。
貓貓知道這是誰的聲音。
阻擋貓貓去路的武官往後退了半步。周圍官員的臉色一口氣變得鐵青，神情就像是遇到了不該遇見的某種東西。
貓貓不回頭，只是設法不讓臉孔變得更扭曲。太陽穴兀自一跳一跳地痙攣。
「話說回來，毆打年輕姑娘像什麼樣？這不是把人打傷了嗎？是誰下的手？」
戲謔的口吻當中，夾雜著冰冷的尖刺。眾人的視線都集中在手拿六角棍的男子身上，男子表情僵硬。
「總之，就照這姑娘說的放她過去如何？責任由我來承擔。」
她才不知道背後有誰在，只是時機巧到好像算計過一樣。貓貓不禁咬牙切齒，咬得嘰嘰作響。

（現在不是介意這種事的時候。）

貓貓沒有回頭，而是環顧周圍的眾人，然後跑向了祭壇。

她決定不去管說話的人是誰。

香料與煙霧的氣味瀰漫四周，吊掛在天花板上的縑帛，伴隨著管弦的曲調和緩起舞。縑帛上寫著流麗的文字，據說這些文字會形成祈願送到天上。

一個髒兮兮的毛丫頭跑進此種場所，會讓眾人為之譁然。

（我看起來一定很糟。）

跑得滿身大汗的下女，臉上一定被半乾的鼻血弄得骯髒不堪。

貓貓心想等事情結束後，希望可以慢慢洗個澡。借用壬氏住處的浴堂未免狂妄，拜託高順或其他人好了。

問題是在那之前，腦袋會不會搬家。

在長長綿延的紅毯前方，站著一位身穿黑衣的男子。男子頭戴垂掛珠串的獨特冠冕，朗誦的聲音清脆響亮。

貓貓奔跑上前。

在男子面前有一口燒著火堆的大釜，而頭頂上有著垂掛縑帛的巨大柱子；固定那柱子的則是——

貓貓彷彿聽見了嘰嗤嘰嗤的刺耳聲響。

也許只是自己多心了，這麼遠不可能聽得見。但貓貓行動了，她踢踹地毯，只是一股腦兒地奔向前方男子的身邊。

男性祭司注意到貓貓，回過頭來。貓貓不管那麼多，一把就抱住男子的側腹部，直接將他拉倒在地。

於同一時間，貓貓聽見了幾乎要震破鼓膜的巨響。腿上感覺到一陣急劇滾燙感，她視線悄悄往後一看。只見一根巨大金屬柱割破了貓貓腿上的肉，皮膚被剜起了一塊。

（得縫起來才行。）

貓貓拉開胸前衣物翻翻找找，她總是在懷裡藏著一份藥物與簡易的醫療器具。但一隻骨節粗大的手掌抓住了貓貓翻找的手。

貓貓不經意地往上一看，冠冕垂掛的珠串搖晃著，珠串下露出一雙黑曜石般的眼睛。

「怎麼會變成這般狀況？」

宛若天上仙樂的嗓音加上問號詢問。

從天花板掉下來的柱子倒在地板上。假如他方才繼續站著，想必已經當場斃命了。

「……壬總管，可以賜小女子牛黃嗎？」

貓貓對眼前主持祀事的俊美宦官開口。

比起這事，貓貓不明白壬氏怎麼會在這裡，她倒想問個清楚。

「現在不是說這個的時候吧。」

壬氏露出一種苦不堪言的神情。

大手觸碰著貓貓的臉，拇指指腹滑過了臉頰。

「妳這臉是怎麼弄的……」

壬氏的眼神顯得心疼，貓貓不懂他為何露出這種表情。比起這事，貓貓覺得解決一下現在的狀況比較要緊。

「比起這事，請先讓小女子縫好腳上傷口。」

倒不是痛，而是很燙。貓貓扭轉身子，想看看被剜掉一塊肉的傷口，但身子一個搖晃。

「喂……妳怎麼了！」

壬氏的聲音聽起來很遙遠。

（糟糕了。）

都是因為頭部遭到用力毆打的關係，她一下子變得渾身無力。

在再次變得一片空白的視野裡，壬氏把貓貓的身子亂搖一通，讓她打從心底煩不勝煩。

十三話　曼陀羅花

輕柔盪漾的舒適感受搖晃著身體。

微微一股高雅香氣鑽進鼻腔。彷彿坐轎子晃動的感覺只持續了短短一段時間，接著她覺得似乎有人讓她躺在柔軟的某物上頭。

後來不知道過了多久。

（這裡是哪裡？）

貓貓慢慢睜開眼睛，就看到一個窮奢極侈的華蓋。貓貓每日都有把它擦拭乾淨，因此有印象。

她聞到一股香味，是最高級的檀香。

此處是壬氏的寢室，而貓貓躺著的，八成就是床鋪了。

「妳醒啦。」

貓貓聽見一個穩重溫柔的聲音。初入老境的侍女從坐著的羅漢床上站起來，她從圓桌上

拿起水瓶，咕嘟咕嘟地往茶杯裡倒水。

「壬總管說不好讓妳躺在尚藥局，就把妳帶來了。」

水蓮一邊呵呵地笑著，一邊將茶杯端給了貓貓。

貓貓喝了杯裡的水。

不知什麼時候，人家幫她換上了睡衣。她覺得頭一陣抽痛，而且腳上皮膚有拉扯感。

「不可以硬撐喲，妳可是足足縫了十五針啊。」

掀起被子一看，貓貓的左腳包著繃帶。痛楚很輕，看來應該是做了麻醉。往頭上一摸，頭部也一樣包著繃帶。

「抱歉妳才剛醒來就問這個，不過我可以帶大家進來嗎？假如妳想更衣，我可以晚點再去叫他們。」

貓貓拿起放在床邊的衣服後，點個頭表示明白了。

進來房裡的有壬氏、高順以及馬閃。

換過衣服的貓貓坐在椅子上迎接眾人。雖然不禮貌，但水蓮說沒關係，因此她恭敬不如從命。

「這究竟是怎麼回事？」

首先開口的是馬閃，他露出莫名煩躁的神情看著貓貓。

「馬閃。」

高順厲聲喝止，但馬閃嘖了一聲，坐到了椅子上。

壬氏面無表情地坐在羅漢床上。

（也是，畢竟主人都遇到生命危險了。）

但貓貓也沒義務挨罵，因此她一臉滿不在乎地喝涼開水。

壬氏繼續將雙手揣在袖子裡看著貓貓。

「妳怎麼會到那個地方，又如何知道柱子會掉下來的，我要妳將事情經過解釋清楚。」

「是。」

貓貓放下茶杯，吐出了一口氣。

「首先，此事乃是種種偶然重疊而成的事件。說是偶然，但其中包含著許多有極高機率能成為必然的要素，因此就這層意義而言不該稱為事故，而是罪案。」

光是貓貓所知道的，就不知道有多少件了。

首先，去年名叫浩然的高官死了；接著是小屋發生小火災，同時另一場所的祭器遭竊；而幾乎在同一時期，管理這件祭器的官員由於食物中毒而臥病在床。

「妳是說是某人刻意安排，引發了這所有事件？」

「是的，正是如此。另外還有一點，小女子想起自己遺漏了一件事。」

貓貓之前不知道是什麼祭器遭竊，只是那件祭器應該施加了與祭典相稱的裝飾，可以肯定是出自能工巧匠之手。

說到能工巧匠，最近貓貓聽說過一件事。

「……莫非是指那個工匠家族？」

壬氏露出心頭一驚的神情，貓貓覺得他直覺真敏銳。

「正是。」

關於工匠死亡的原因，貓貓大致可以猜得出來，就是中了鉛毒而死。這可以說是職業病，但也有可能不是。

這件事也能想成或許是有心人所為。只要假借禮物名義贈送葡萄酒與鉛製酒杯，然後等對方日漸虛弱即可。這只是例子之一，其他還有別的方法。

「死去的工匠，不肯直接將技術傳授給學藝的兒子。說不定誰都無法解開謎題，技術就這麼失傳。這樣一來，某人一定覺得稱心如意。」

如此一來能想到的，就是委託人早已知道那是何種技術。即使不知道詳細內容，至少不可能不了解它的性質。

「換言之，妳是想說失竊的祭器是出自那位工匠之手？」

對於壬氏的問題，貓貓搖搖頭。

「並非如此，正好相反，是用工匠打造的器物代替了失竊的祭器。」

貓貓找出紙筆，然後流暢地在上面畫出圖案。正中央畫上大釜與祭壇，然後畫出吊掛在天花板上的柱子。

在柱子兩端綁上了類似繩索的物體，它穿過天花板上的滑車，用地板上的金屬零件固定住。

「聽說少了幾樣祭器，不過除此之外，是否還有其他零件失竊？雖然只是零件，但應該會使用裝飾精美的東西才是。」

「……很有此種可能。」

高順曖昧地說，大概是因為這方面不歸壬氏他們管轄，所以知之不詳。

「小女子想吊掛柱子的金屬線，應該就連接在鄰近焚火處的地方。因為假若是用在那裡的金屬零件，在遇熱時是會壞掉的。」

「胡說八道，這種問題從打造零件時就該知道了。那裡並未用上任何會起火燃燒的東西。」

馬閃鼻子哼了一聲。

「但實際上，柱子就是掉下來了，因為打造零件用的金屬壞了。」

「再怎麼燒熱也沒那麼容易壞吧，設計時不可能連這都沒想到。」

壬氏也贊同馬閃的意見。

「不，會壞掉的，會鎔化。」

眾人看著貓貓的臉。

貓貓提及那一家工匠的祕傳技法。

「每種單一的金屬必須加熱到高溫才會鎔化，但假若混合不同金屬，會發生鎔化溫度變低的神奇現象。」

這是自古以來就有人使用的技巧，即使如此，還是得加熱到相當高的溫度。

那個工匠家族的祕傳技法就是因此才能稱為祕傳。死去工匠發明的金屬比例，能讓金屬在相當低的溫度鎔化。

沒錯，低到只要放在加熱大釜的附近就足以鎔化——

聽了貓貓的說明，眾人無不沉默。只有水蓮在悠閒地準備茶水。

從構造上來說，天花板上的柱子應該會設計成絕不會掉下來，不然設計不可能通過。畢竟下面可是有位身分高貴之人在主持祭祀。

假如貓貓沒發現，壬氏很可能就在那裡當場死亡了。

只是她萬萬沒想到壬氏會在那裡。

（這傢伙到底是何方神聖啊。）

由於貓貓不認為自己的立場有偉大到可以追問這種事，所以她保持緘默。就算知道了，也只會被捲進麻煩事而已。

雖然每件事都在繞遠路，但最好認為所有事情都有所關聯比較妥當。無論是直接抑或間接，必定有人在背後牽線。

「小女子只能說到這裡。」

聽了這些事，壬氏他們想必立刻就會查出與此事相關之人。也許李白已經展開行動了。

無意間，貓貓想起了那個高個子的女官。

（與我無關。）

貓貓緩緩搖搖頭，目光低垂了下去。

然而不知怎地，她老是想起那名女官有氣無力的神情。那種表情就像什麼都不在乎，還能感覺出些許的自暴自棄。

而女官在那塊田地提過的名詞，莫名地讓貓貓在意。

就是返魂藥這三個字——

沒過多久，李白就送來了消息。一如貓貓所料，是關於名叫翠苓的女官。

翠苓服毒自盡了。

聽到此種草率的死法，貓貓覺得莫名其妙。

當刑部也就是掌管刑法的官員收集到證據，上門抓人時，女子已經躺在床上了。據說打翻的杯中物含有毒素，請醫官驗屍後確認已經死亡。

翠苓身為罪人，將會在入棺的狀態下受刑。遺體會在擱置一日一夜後接受火刑，也就是火葬。目前屍體與死於獄中的罪人安置於同一處。

刑部的動作之所以如此快速，不知是因為李白等人證據收集得十分周到，還是他們早在之前就已經展開了行動。

只是查到的罪人就只有翠苓一人。

（那麼多雜七雜八的事，全是一人所為？）

這種結束的方式，只能說讓人難以坦然接受。

是蜥蜴斷尾嗎？不，一個更初步的問題卡在貓貓心裡。

（那個女人會甘願頂罪嗎？）

貓貓與翠苓接觸的時間不長。貓貓並不擅長洞察人心，無法在那麼短的期間內摸透對方的心思。

她那有氣無力的氛圍，或許也能說是了無生趣。

但有件事讓貓貓莫名地在意。

翠苓說過的話莫名地讓她耿耿於懷。

那種口氣，簡直像在測試貓貓一樣。

（不能靠直覺。我無法斷定。）

然而，貓貓不便再多說什麼，只能默默完成日常的差事。

這就是下女的本分。

本來應該是這樣的——

但她輸給了好奇心。

「壬總管，小女子有一事相求。」

貓貓如此開口。

「小女子希望能跟驗屍的醫官談談。」

在停屍間——她說。

貓貓這麼說時，神情不可思議地鬆緩。

停屍間昏暗無光，飄散著屍臭。在這個國家，死於獄中之人是不准下葬的，都是火葬。

房間角落疊起了棺材，等待著罪人。安放翠苓屍首的棺木放在離這些棺材有點距離的位置，貼著黑白封條。

壬氏與高順也在場。高順似乎不太願意讓壬氏來到停屍間，但只要壬氏說想來，他是阻止不了的。

被叫來的醫官神色陰暗。

這也是情有可原的，畢竟他親暱搭話的女官死了，而且還被當成了罪人。

（可是，就只因為這樣嗎？）

假如是這個驗過屍的男子，或許知道些大家不知道的事，例如——

「那名女官喝下的毒藥，是否用上了曼陀羅花？」

貓貓開門見山地直說了。她因為腳受傷，因此坐在高順準備的椅子上看著醫官。她身旁放著鋤頭，這也是請高順準備的。壬氏頻頻偷瞄想知道這是什麼，但貓貓懶得解釋所以視若無睹。

還來不及反駁，醫官的臉色先變得更加鐵青。

但他沒有正面回應，搖搖頭。

「毒藥中混合了幾種藥物，難以確定有哪些種類。從症狀來看，很有可能就如同妳所說的，但我無法斷定。」

臉色雖然鐵青，回答得卻很正確。他說的想必沒錯，貓貓也看過那種毒藥，無法看出加了哪種或是多少種藥物。

「馬廄上方的小矮丘上有塊田地對吧？那裡是否種了曼陀羅花？即使現在季節不對，小女子不認為此處的尚藥局會沒有這種藥材。」

曼陀羅花雖然毒性強，但適量投藥可發揮麻醉藥的功效。假如翠苓手上有尚藥局的曼陀羅花……

醫官陷入沉默。

貓貓覺得這位醫官很能幹，但似乎不擅長說謊。

曼陀羅花又名朝鮮牽牛花。

貓貓想起那名女子神情冷漠地提到正在種植**牽牛花**時的側臉。

「那麼，來確認一下是否真的用了此毒吧。」

貓貓從椅子上站起來後，拿起了鋤頭。然後她站到貼有黑白封條的棺材前，朝著棺材揮動起鋤頭。

「妳這是做什麼！」

「別吵，看著就是了！」

貓貓將鋤頭卡進棺材的縫隙，用力把鋤頭柄往下壓，釘在棺蓋上的釘子向上突起。看到貓貓淡定地動手，所有人無不目瞪口呆。

等釘子全部突起之後，掀開棺蓋一看，裡面收殮著女子的屍體。屍體看起來像個在橋下橫死的可憐暗娼。

「她……不是翠苓？」

醫官當場跪下，看著棺材裡的人。他心亂如麻，放在棺材上的手在發抖。

（假如這是演技，那可真是隻老狐狸。）

就這樣看起來，醫官似乎堅信翠苓已經死了。結果看到遺體不翼而飛，讓他打從心底大驚失色。

「那位名叫翠苓的女官是真的死了，是吧？」

「是啊，就算我再蠢也看得出來。屍體完好無缺，但沒有脈搏也沒有心跳。」

醫官鐵青著臉回答。這個男人在處理翠苓的遺體時一定很小心，而翠苓也早就料到了這一點。

她確定醫官不會為了查明是什麼毒藥而解剖遺體。

「換言之，大人是被她利用了。」

聽到貓貓這麼說，醫官鐵青的臉色瞬間漲得火紅。他衝動地想揪住貓貓，卻被高順及時從背後抓住。

翠苓在毒藥裡放了曼陀羅花，其他只要她想要，想必還能弄到幾種藥物。查查尚藥局的藥櫃，一定會發現藥材的庫存數量有所差異。

假如要責怪這位醫官，或許只能指控他看管不周吧。

「這是怎麼回事？為何會換一具遺體？」

壬氏瞇起眼睛說。

「因為要火化，裡面也得有東西，否則會啟人疑竇的。」

停屍間多得是棺材，除了翠苓之外，想必還有其他遺體等著火化。在火化之際，有時應該也會搬來新的棺材。

於是某人趁此機會準備了替換用的屍體掉包。

「翠苓的遺體能怎麼處理？要搬回去也會引人注目吧？」

「不用搬回去，她應該是自己走回去的。」

聽到貓貓這麼說，眾人啞然無言。

「可否請侍衛檢查一下那兒的棺材？」

貓貓本來想自己檢查，但腿好像在抽痛，於是拜託高順幫忙。

高順沒有半點不情願的臉色，看了看空棺材。做事勤奮的男子發現其中一只棺材不太對勁，把疊起的棺材搬了出來。是因為高順鍛鍊得健壯才搬得動，平常的話這重量恐怕要兩人以上才抬得起來。

「這一個上面似乎有釘痕。」

貓貓拖著腳，看看高順搬出來的棺材。

「翠苓原本大概就是躺在這個棺材裡吧，死去的翠苓一直在這裡頭等人來救她。」

然後，差不多在前來救人的人打開棺材時，翠苓也活了過來。之後他們調換棺木，翠苓換上跟搬來棺材的那些人一樣的裝扮，離開停屍間就行了。一般人常常不敢直視職掌喪事之人，翠苓個頭較高，夾雜在一群男子之間想必不會顯得太突兀。

「大人知道有種藥物能讓人看起來像是死了嗎？」

貓貓向醫官說道。醫官茫然若失地開口：

「……我有聽說，只是不知如何調配。」

貓貓很想說返魂藥只是種幻想，但倒也不一定。有些藥物具有類似但不同的效果。

「那真是遺憾，小女子也不清楚。只不過小女子曾經聽說，材料會用到曼陀羅花與河豚毒。」

只有一次，阿爹曾經告訴過貓貓，在遙遠的異國有種藥物能夠一時致人於死，之後再令其復活。

使用曼陀羅花與河豚當中含有的毒素，再加上幾種不同的毒物，就能作出這種藥。此二物本來皆為劇毒，但據說經過某種固定的調整方式，毒素之間會互相抵消，而讓死者在一段時間後復活。

當然，阿爹不會去作那種藥，更不可能教貓貓怎麼調配。

貓貓之所以知道材料包括曼陀羅花與河豚，也是因為她偷看阿爹的藏書。阿爹似乎以為這些書以遙遠異國文字寫成，貓貓不會看得懂。

阿爹好像是大意了，然而貓貓對毒物的執著非比尋常。她拜託偶爾上門的異國客人教她認字，一點一滴地解讀了內容。只是中途被阿爹抓到，把書燒了。

「妳是說翠苓用了這種未經證實的方法？」

「反正被抓到就是死罪，如果是這樣，小女子會甘願賭一把。」

「呃不，妳的理由跟人家不一樣吧？」

壬氏吐槽的速度莫名地快。貓貓不想把話扯遠，因此充耳不聞。

「既然遺體不在這裡，看來就是她賭贏了。只可惜這具遺體尚未火化，否則更是大獲全勝。」

（我不會讓她得逞。）

貓貓望著棺材笑了。裡面只躺著一個曝屍街頭的無名女子，沒有任何可笑之處。

（我這樣一定很不成體統。）

貓貓沒善良到會為了陌生人之死難過，現在有比這更重要的事。

一股笑意自五臟六腑昇起，讓她嘻嘻發笑。某種從身體內側湧出的感覺，即將支配她的全身上下。

「如果她還活著，真想見上一面。」

貓貓並沒有要講給誰聽，只是嘴巴自動張開了。她不是要抓住翠苓，而是為了完全不同的理由想見到她。

將許多的罪案布置成事故的知識，以及敢於實行的膽量；最重要的是為了騙過眾人，不惜拿自身性命當賭注的刁悍性情。

難道只有貓貓覺得這樣的人物早死太無趣了嗎？明明出了人命，貓貓卻無法抑止更強烈的感情在內心泉湧。

（返魂的妙藥……我一定要讓她教我怎麼作！）

貓貓滿心都是這種心情，可能是因為這樣，她不知不覺間放聲大笑了起來。

結果不用說，周圍三人都用難以言喻的神情看著貓貓。

咳哼。貓貓乾咳一聲，看向了醫官。

「抱歉，可否幫小女子縫縫腿？方才傷口好像裂開了。」

貓貓現在才摸摸跛著的腳，繃帶滲出了血。

「不會早點說啊！」

壬氏的吼叫聲響徹了停屍間。

十四話　高順

壬氏沐浴過後，慢慢仰杯飲酒。

最近成天盡是讓人頭痛的案件，真是傷透腦筋。日前他還差點丟了性命。

停屍間那件事過後，他暗中解決了翠苓的事，因為這樣比較方便。翠苓棺材安置的期間內有業者交付過棺木，但奇怪的是該名業者表示沒接過這種訂單。

關於名喚翠苓的女官，也有許多不明確之處。那個醫官之所以與翠苓關係親近，似乎是因為她的養父曾是醫官的師父。但這位師父據說也是在幾年前才收她為養女。報告指出師父是賞識她的才華而收為養女，但對於之前的來歷則不甚清楚。

可能還有一段滿長的路要走——壬氏心想。這沒什麼稀奇，一件事常常還沒解決，又同時衍生出越來越多的問題。

遇到這種情形時，把問題先記在心裡，不要忘記就行了。把眼下能處理的事處理完最要緊。

聽到木炭的嗶剝嗶剝聲，才發現外頭不知不覺間變得白雪茫茫，難怪這麼冷。

壬氏披起掛在羅漢床上的上衣時，聽到鏗啷鏗啷的聲音。這棟樓房設計成聲音會從玄關傳來，聽聲音就大概知道是誰要進來。

果不其然，皺眉頭皺成習慣的隨從過來了。

「微臣已平安將她送回。」

「總是有勞你了。」

壬氏每次時間晚了，都會請高順送貓貓回去。日前她保護壬氏，弄傷了腳。若是放著不管，怕她又會做出讓傷口裂開的事。

除了腳傷之外，還有一件事令壬氏擔心。

就是那個怪人羅漢。

那個男人自稱為貓貓的父親，所言似乎不假，但就貓貓的態度來看，關係恐怕不單純。由於那個男人什麼事都可能做得出來，在宮中已經是常識了，壬氏才會這麼做，以防萬一。

據說日前中祀之際，貓貓能夠順利闖入祭壇也跟那男人有關。打了貓貓的武官此時一定被他惡整個沒完沒了。

不同於其他官員，高順可能是懂得看壬氏臉色，他會默默做自己份內的事，讓壬氏輕鬆多了。

這名男子從壬氏斷奶後沒多久，就成為他的老師常伴左右。雖然有一段時期從事其他職務而離開他，但仍然是最了解壬氏的人之一。

再想到這名男子的妻子是自己的奶娘，高順絕對是壬氏這輩子的一大恩人。

「明天要去後宮。」

「是。」

高順如此說完後，端了兩只杯子與鍋子過來。這種具有奇妙甜味的液體，要每日飲用才會發揮功效。

高順將鍋中液體分裝進兩只銀杯裡，自己先喝。這本來應該是貓貓會搶著做的差事，但由她來做沒有意義，由女子來喝是沒用的。高順一邊加深眉頭的皺紋一邊將它喝光，暫待片刻。

「應該沒有問題，跟平時一樣。」

跟平時一樣，意思就是味道一樣怪。這種用遠從異國購得的薯粉溶解調成的藥液，具有某種特殊的作用。

壬氏與高順除了這種液體之外，每日還會攝取幾種食材。

「知道了。」

壬氏端起杯子，捏著鼻子一口氣將它喝光。他用手背拭去嘴角沾到的液體，接過水蓮端來的涼開水。

雖然已經持續喝了五年，但還是怎麼喝都喝不習慣。

「奉勸總管還是別在他人面前捏鼻子較好。」

「孤知道。」

「光是這個動作就會讓總管看起來相當年少。」

「孤知道。」

壬氏鬧著彆扭坐到羅漢床上。

聲調、說話方式、走路姿勢、動作，諸如此類；這些全都得多加注意。

名為壬氏的宦官是二十四歲的男子。

他抬頭挺胸，試著擺出宦官壬氏的神情，但藥味久久不散，讓他的表情不禁變得鬆懈。

高順又皺起了眉頭。

「不喜歡的話不喝也無妨。」

「算是做個區別吧，要有作宦官的心態。」

自從後宮歸當今皇帝所有，已過了五年。壬氏也戴著畸形的面具戴了五年……不，就快滿六年了。

他就這麼持續飲用讓男人變得不是男人的藥。

即使皇帝告訴過他，下級妃子以下的女子可以隨他高興。

高順按住眉頭的皺紋。

「再這樣下去，真的會陽事不舉的。」

高順這句話讓壬氏把涼開水噴了出來。他按住嘴巴，滿腹牢騷地看著高順。

高順看著他，就像在說「我偶爾也要一吐為快」似的。

「你還不是一樣！」

「不，聽說上個月孫子誕生了。」

高順之子已經成年，他的意思似乎是不用再生兒育女了。

「你幾歲了？」

「回總管，虛歲三十七。」

壬氏記得高順是十六歲娶妻，隔年開始連續生了三個孩子。這些孩子等於是壬氏的乳兄弟，特別是最小的兒子與壬氏有最多接觸。

日前發生海藻中毒事件時，帶貓貓前往官吏家中的青年，就是高順的么子。

「上面哪個的孩子？」

「長子生的，微臣是覺得另一個兒子差不多也該娶妻了。」

「才十九歲不是？」

「是，跟**殿下**一樣是十九歲。」

高順不說「壬氏」。「壬氏」二十四歲，是五年前成為宦官的男子，不可能才十九歲。
他對壬氏似乎有話想講，難道就跟皇上一樣，想叫壬氏快快娶得妻室？
壬氏一副若無其事的表情，換翹另一條腿。
「還請早日讓微臣抱抱孫子。」
意思大概是想早點結束這種差事吧。
「孤盡量。」
高順接過水蓮端來的溫茶，喝了一口。
壬氏無視於隨從頻頻送來的怨恨視線，喝光了涼開水。

壬氏定期訪問四夫人的行程，此次也順利結束了。
新進來的樓蘭妃，對後宮生活似乎沒什麼不習慣之處。
由於這位妃子就某種意味來說是強行進來的，壬氏本來擔心會引發某些騷動，不過玉葉妃與梨花妃都不是事事找碴的衝動個性。以前兩人曾經發生過糾紛，但那是情況特殊，之後一直是相安無事。
而里樹妃因為是那種個性，想必不會主動與人起爭執。不過假如有侍女煽動妃子就難說了，這點必須注意一下。

然而新一位妃子住進前嬪妃阿多住過的寢宮，讓人更加寂寞了。

以前整頓得清爽乾淨，沒有多餘雜物的寢宮，變成了四面環繞絢爛家具的玉樓金閣。

樓蘭妃的父親是先帝——不，正確來說是前代皇太后的寵臣，也是過去將後宮宮女增加到三千人的官員。

眼下最受皇帝寵愛的嬪妃是玉葉妃，其次是梨花妃，然而身為皇帝，並不是只要臨幸寵妃就行了。

後宮能調整宮廷內的權力平衡，也能讓它失衡。

皇上不便冷落樓蘭妃，因此似乎每十日會去臨幸一次。

這麼一來，其他的嬪妃就要戰戰兢兢了。雖說仍然是臨幸自己的次數較多，但會懷孕時就是會懷孕，懷不上時就是懷不上。

只是，男女之間有投緣的問題，看得出來皇帝似乎不怎麼受到樓蘭妃吸引。

理由也不難明白，壬氏看到樓蘭妃，也覺得可以理解。

在藥舖姑娘為後宮授課時，樓蘭妃身穿奇裝異服，配戴著南國鳥禽的華麗羽飾。

樓蘭妃有時身穿南國服飾，有時穿起北方邊疆民族的衣裳。一下看她穿著好似少年的胡服，一下又會穿上勒緊腰肢的西方服飾。髮型與化妝也一次次跟著更換。

就某種意味來說是懂得穿著打扮，另一種意味來說卻是浮躁不安。有謠言說是因為她本身的容貌雖然端正但缺乏特徵，所以才會矯枉過正，養成了這種習慣。

皇帝表示每番臨幸樓蘭妃都會被搞糊塗，不知道妃子是什麼人。他說因為這樣，讓他有點提不起勁。

說到提不起勁，里樹妃也是如此，但原因不同。由於皇上否定父親也就是先帝的喜好到了噁心欲嘔的地步，因此似乎無意染指目前還像個女娃的妃子。

皇太后的腹部有個很大的傷疤，那是在皇太后還是個少女之時，用太嬌小的身子生下了當今皇帝所造成的。她產道太窄，所以是剖腹取出嬰兒。

原本以為母親無法保命，然而嬰兒與生母都平安無事，據說是因為從異國回來的醫官醫術了得。

該名男子的醫術精湛，留下了傷疤但保住了子宮，十幾年後，皇太后又生下一子。先帝之子自始至終就只有這兩人。

只是，可能考慮到之前臨盆的狀況，那位醫官整個過程當中一直陪著當時還是嬪妃的皇太后。正好在同個時期臨盆的東宮妃受到漠視，結果留下了令人遺憾的結局。

假如現在，當今皇帝的第一個龍種還在世的話——壬氏恐怕忍不住會這麼想。

他搖搖頭，告訴自己不可以胡思亂想一些無聊的事。

然後，他這麼想：若是能早日生下下一位東宮就好了。

壬氏與高順都懷著同樣的想法。

在那場嬪妃教育之後，皇帝臨幸的腳步勤快多了，搞不好很快就能看到結果。

玉葉妃的侍女長紅娘憂心忡忡地說出了一件事。

據說昨日皇帝照樣臨幸了翡翠宮，但玉葉妃整個人懶洋洋的。紅娘擔心地照顧她，烏溜溜的黑髮都亂了。這位彷彿總是有事操心的侍女長與高順似乎是同病相憐，紅娘對高順還似乎有點好感，然而意中人高順向來怕老婆，恐怕遲早只能死了這條心。

壬氏心想這樣剛好，做了一項提議。

玉葉妃兩眼發亮，二話不說就點頭答應了。

紅娘也是，雖然一臉無奈，但看起來反倒像是舉雙手贊成。她去跟在房間外頭偷聽的三名侍女講了這件事。

看來這個選擇沒做錯。

○●○

「後宮嗎？」

「是啊，是妳最愛做的差事。」

貓貓正在把銀食器擦得跟鏡子一樣亮。她確認過食器沒有任何髒汙後，把它們放回架子上。由於她的腳還沒痊癒，儘管很多差事是坐在椅子上做，不過水蓮還是有吩咐她做事。真是侍女的典範，到了讓人傷腦筋的地步。

壬氏在吃橘子。一點果皮自己剝就是了，他卻讓水蓮一瓣一瓣仔細幫他剝掉薄皮，漂漂亮亮地擺放在盤子裡。

完全是個公子哥兒。

初入老境的侍女似乎有點寵這個宦官，一下說天冷給他加棉襖，一下又怕他燙著，幫忙把茶弄溫。

老大不小了還這樣，真丟臉。

「聽說玉葉妃的月信停了。」

月信指的就是月經。

（有可能懷孕了是吧？）

懷鈴麗公主時，妃子兩度遭人下毒未遂，至今沒抓到犯人。

可以想像妃子心裡一定有所憂懼。

「自何時開始？」

「今日能夠動身嗎？」

「小女子高興都來不及了。」

後宮內禁止男子進入，這樣貓貓就不用遇到那個連名字都不想聽見的人了。

也許是壬氏貼心安排的，也可能是為了他自己方便。

無論如何，貓貓都不在乎。

她自以為做事時有盡量保持冷靜，然而……

「哎呀，遇到好事了？」

水蓮如此問她，看來她太興奮了。

「不，沒有的事。」

「呵呵，真可惜，好不容易來了個經得起磨練的姑娘呢。」

貓貓一邊被水蓮和藹可親的笑容嚇得不寒而慄，一邊決定快快把事情做完。

十五話　重返後宮

（以前還以為這裡不適合我。）

很意外地，貓貓覺得似乎也不盡然。

貓貓享受著久違了的後宮生活。

由於她原本就是在滿是女子的地方長大，因此或許很能適應這種氛圍。

貓貓就跟以前一樣，過著每日試毒與調藥的生活。由於腳傷的關係，人家叫她不要常常外出走動，不過貓貓覺得只要不要激烈運動讓傷口裂開就沒關係。真要比的話，貓貓左手那些傷痕更嚴重。

目前還不能確定玉葉妃是否懷孕。

據說她懷鈴麗公主時沒有嚴重害喜，味覺也幾乎沒有變化。除了月經不順之外，沒有值得一提的確切徵候。

然而翡翠宮裡下令此事不許張揚出去，做了安全對策。

如果有人不樂見玉葉妃懷孕，必定會挑最容易流產的時期下手。要是有人下毒，後果不堪設想。

為了保險起見，貓貓請色老頭——也就是皇帝晚上暫時不要行房。

普通方式的行房是不會有問題，但玉葉妃假如實行日前嬪妃教育學到的東西，可就不在**普通**範圍內了，總之無法保證不會出一些問題。

（也許我那時應該教溫和一點的內容。）

不，可是，那樣玉葉妃或皇帝都不會滿足的。結果就是嚇壞了里樹妃，又讓梨花妃的侍女更加把貓貓當成妖怪。

關於這方面的問題，貓貓不適合親自稟告皇帝，於是請壬氏轉達。那種話由下女直接說出口不是很妥當。

如果可以，貓貓並不希望減少皇帝探望玉葉妃的次數，但她不能提那麼多諫言。因為皇帝不是只有玉葉妃一個妃子。

雖說臨幸次數忽然減少，恐怕也會引起有心人的猜測就是了。

然而意外的是，皇帝並沒有減少造訪次數，照樣來陪可愛的女兒玩，跟玉葉妃愉快地聊些無關緊要的事。

阿多妃那時候貓貓也想過，也許不該把皇帝歸入色老頭之列。

也有可能是皇帝有他的想法。當今皇上算是臣民公認的賢君。當然，有一部分也是因為先帝被人稱為昏君，相比之下現在這位看起來比較像樣，不過貓貓也不認為他有差到該稱為昏主。

（怎樣都好就是了。）

簡言之，她只要能過著稅賦合宜的生活就開心了。昏君以為百姓取之不竭，賢君明白百姓有所限度；至少當今皇帝是後者。

只是，皇帝有時會露出略顯寂寞的神情，於是貓貓將嬪妃教育的其餘教材獻給了皇帝，心想至少可以解悶。

貓貓帶了幾本來當備用，但很遺憾，沒有侍女想要。

是何種教材就不用說了。

（請用圖畫將就一下吧。）

貓貓將教材偷偷放在看得到的地方，看來皇帝好像是注意到了。

日後，當皇帝要求貓貓準備其他種類時，她確定繼續將這人當成色老頭並沒有錯。

後宮內還是老樣子，蔓延著異性的慢性不足與單調日常生活造成的八卦謠言。

因此，此時當差告一段落的侍女在廚房裡聊天。茶點是茶會剩下的，今天是龍鬚糖。這是一種細絲纏成的蠶繭般點心，放進嘴裡就會輕柔地溶化。裡面似乎摻了茶葉，帶有一絲芳香。

「所以我說那身打扮太離譜了。」

翡翠宮三姑娘之一櫻花嘴裡塞滿了糖，口齒不清地說道。個性強悍的她，想到什麼就說什麼。

「就是呀，可是上次的衣裳我覺得還不錯。妳們不覺得胡服很俊俏嗎？」

貴園的講話方式穩重大方。她吃了糖，胖嘟嘟的臉頰幸福地弛緩。

「畢竟那種衣服不是誰穿都好看的，我也覺得還滿適合她的。」

身形瘦長的愛藍這麼說。她沒吃甜點心，只小口喝茶。

櫻花露出一副被兩個自己人背叛的神情，看向最後剩下的貓貓。

貓貓一面嫌麻煩，一面「是是是」地點頭。然而貓貓陪笑也就陪到這裡了。

期待援軍落空的櫻花把腮幫子鼓了起來。

「嗯——比起那種人，阿多妃俊俏多了。」

櫻花邊嘔氣邊小口喝茶。

貴園與愛藍見她這樣，互看一眼，邪門地笑起來。

「哎呀——櫻花妳原來是阿多娘娘那一派的呀？」

「才……才不是呢！」

貴園講得櫻花慌張起來，愛藍馬上咧嘴一笑。

「不用隱瞞沒關係呀，我們的主子雖然是玉葉娘娘，但我覺得心裡頭這樣想想也沒關係的。」

「就跟妳說不是了嘛——」

貓貓還是老樣子，一邊聽三位姑娘聒噪的閒聊內容，一邊呼一口氣，把茶喝乾。對於嗜鹹的貓貓來說，這種有如棉花糖的點心略嫌甜了點。真想吃點鹹鹹的煎餅換換口味。

櫻花她們聊的內容總歸一句話，就是關於新來的樓蘭妃。這位妃子由於有點與眾不同，因此似乎很有話題性。

要講到哪裡與眾不同，就是服裝。

樓蘭妃的服裝氛圍千變萬化，有時穿起西方禮服，有時穿著邊疆民族騎師般的服裝。

（這該怎麼形容呢？）

是不是閒錢太多了？假如只因為這樣就每次都要換衣服，寢宮會變得滿是衣櫃。

因此，原先整齊潔淨的石榴宮已經徹底失去原貌，好像卯起來要趕走前任屋主阿多的形象似的。

一方面來說做對了，一方面來說又做錯了。

後宮是越顯眼越好的場所，同時也是樹大招風的世界。樓蘭妃本來應該是後者，但因為她的父親是自先帝時代受寵至今的重臣，所以目前沒人動得了她。

（原來如此啊。）

這的確足夠構成阿多被逐出後宮的理由，倒不如說從樓蘭妃的年齡來想，已經算是等很久了。

無意間，貓貓有了個想法。

對皇帝來說，說不定也覺得阿多待在後宮內，從各方面來說都比較方便。

她不會成為國母，因此目光遠大，聰明才智讓人喟嘆不是生為男子。

而且阿多也是個可靠的議事對象，如今她不在了，換成一位不只後宮，甚至可能影響宮廷勢力的千金入宮，那些達官顯貴恐怕也會為此頭痛不已。

皇帝無法冷落她，但感情太好懷上孩子又很傷腦筋。因為妃子的後盾只有在孤立無援的東宮時代可靠，一旦登基又有了子嗣，有時候就用不到這些後盾了。

這下看看他們會如何處理吧。

貓貓一邊胡思亂想著這些事，一邊拿茶壺倒了茶。

十六話　紙

貓貓久違地來一趟尚藥局，看到悠哉的宦官還是一樣待在那兒。

「好久不見了，小姑娘。天氣暖和了不少呢。」

庸醫悠哉地倒茶，還拿醫書代替托盤端過來。貓貓心想「拜託別這樣，那本書可是高級品呢」，連茶帶書一把搶了過來。

尚藥局還是一樣，只有庸醫一個人在。說成門可羅雀都還算客氣了，真佩服他沒被革職。

「還很冷啦。」

貓貓把洗衣籃放在桌上。

季節還有點寒意，氣溫低到款冬都不太敢冒花芽。會覺得天氣轉暖，一定是因為庸醫胖嘟嘟的。

接下來的季節會忙著採新藥草，在那之前貓貓想先做一件事。貓貓就是為了此事而來到尚藥局的。

其實沒必要一回來就忙著做這種事，但誰教對方是這種人，沒辦法。

「哎喲，小姑娘，才剛來就忙著做什麼啊？」

看到貓貓從洗衣籃裡拿出某些東西，庸醫對她說。

「還問我做什麼。」

貓貓從籃子裡拿出來的是整套灑掃用具，以及能塞多少就塞多少的竹炭。

「來打掃這間屋子吧。」

貓貓兩眼一亮地說。很傷腦筋地，看來水蓮兩個多月來的磨練內容，已經深入了貓貓的骨髓裡。貓貓在翡翠宮無事可做，於是來到了最能讓她隨心所欲的這個地方。由於她早就覺得這裡打掃得太混，一旦燃起了幹勁就停不下來了。

「咦？」

庸醫的神情一口氣變得陰暗，但貓貓才不管那麼多。

庸醫不是個壞人，不如說根本是個好人。

但貓貓認為好人不代表做事能力強。

在庸醫常駐的房間後邊有間藥材庫，那裡三面牆壁都是藥櫃，對貓貓而言如同極樂淨土，但不是處處都讓她滿意。

那裡常備著許多藥材，但都是庸醫在用。也有不少藥材沒有定期使用而蒙上灰塵，或是被蟲啃食。

而對乾貨藥材來說，最大的敵人就是溼氣，一個不注意立刻就腐敗掉了。天氣一變暖，溼氣也會變重。在那之前不打掃乾淨，之後會後悔莫及。

貓貓並不喜歡打掃。

她常來尚藥局是因為這裡有很多事情可以消遣，也沒必要幫忙這裡做事。

但她非做不可。

貓貓一邊燃燒著此種使命感，一邊揮動撢子。她覺得自己似乎完全被水蓮影響了，但沒辦法。

「小姑娘，妳不用特地這樣做，打掃這種小事可以請別人來……」

由於不太有幹勁的庸醫講出這種話來，害貓貓忍不住露出平常看壬氏的那種眼神。簡單來說，就是好像在看長滿孑孓的水灘的眼神。

「噫！」

庸醫顫抖著八字鬍，毫無威嚴可言。

（不好不好。）

雖然是庸醫，但畢竟是長官，相處時好歹表面上得裝出點誠意，否則下次來時可能沒有煎餅吃。

後宮的點心就是甜的太多，鹹的太少。

「拜託別人做是可以，但如果有人把藥材掉包該如何是好？」

「……」

庸醫沉默了。

如果要這麼說，那麼現在貓貓這樣擅自進出打掃也有問題，但她隻字不提。她可不能被趕出去。

與翠苓關係親暱的醫官似乎因為曼陀羅花少了一點而不免受罰。不過高順說因為他本人醫術出色，因此不至於遭到解僱，只罰了個減俸。貓貓把塵埃拍掉後，將櫃子一一打開，用乾布把裡面擦乾淨。她丟掉明顯已經變質了的藥材，將名稱記載在木簡上。藥材用新的包藥紙重新包好，放回原位。

動作比較激烈的事就叫庸醫去做。貓貓的腳尚未完全康復，而庸醫有點過胖，正好當作運動。

（用的紙品質真好。）

能夠長期保存的紙很貴，市面上販售的紙幾乎都是用完即扔的粗品。不但只能使用一次，而且無法保存，因此庶民常常都是用木簡記事。木柴到處都有賣，其中有些會切成薄片以利於點火，大家就拿來寫字，用完後可以直接當柴燒。
以往這個國家甚至曾經將紙張出口到國外，但先帝……正確來說是他的母后，也就是女皇下令禁止砍伐高級紙張的原料樹木。雖然現在法令多少鬆了點，但砍伐量仍然不夠多。
為何女皇要禁止砍伐樹木？據說當時沒有一個官吏不要命到敢去問這個問題。
而由於現在仍然受到限制，貓貓認為應該有著某種理由。
因此，目前除了部分高級品之外，都是用其他木材、草類或破布等等造紙。由於這些方法提煉的原料不如樹木來得多，而且加工過程費時費力，因此價格昂貴，於是一堆製造過程偷工減料的粗品，導致一般民眾都認為紙張又貴又不好用，評價不佳。
所以紙張雖然比較方便，普及率卻不到一半。
「呼。」
「打掃完了嗎，小姑娘？」
看到貓貓喘一口氣，庸醫高興地出聲問道。
「不，還剩一半。」
「……」
畢竟種類太多，一天打掃不完，貓貓將其餘工作擺到隔天再做。
她將帶來的竹炭放在房間裡除溼。由於數量還是不夠，她請庸醫再多訂一些。

庸醫好像累了，一邊咚咚捶著肩膀，一邊在櫥櫃裡翻翻找找準備點心。他從陶製酒壺倒些果子露到杯子裡端過來。

「累的時候就是要吃甜食。」

他說著，用竹匙切開栗子金團放在紙上，拿給貓貓。

（這個大叔真是個大少爺。）

地瓜在這個季節很少見，不易入手，但他不但端出地瓜做的金團，還理所當然似的拿高級紙張代替盤子裝點心。

貓貓捏起金團一口吃掉，看著沾有圓形油漬的紙。紙張表面光滑，品質相當好。

「太醫用的紙品質真好。」

「哦！看得出來嗎？」

貓貓只是隨口說說，但庸醫顯得很有興致。

「這是我老家製造的紙，有進獻給宮廷喲，了不起吧。」

「真了不起。」

既然能像這樣放在這裡，當然就是如此了。

不過話說回來，貓貓不是客套，是真的覺得這紙很好。阿爹藥舖用的包藥紙，每次都是從用完即扔的粗品當中選購比較像樣的使用。為了防潮以及防止藥粉灑落，貓貓很想要這種紙，無奈考慮到客層，必須從藥材以外的地方削減成本，否則要砸飯碗了。

（能不能用熟人價格算我便宜點？）

貓貓一邊想著這種有點狡猾的事，一邊喝果子露，溫溫的甜味滑過喉嚨。貓貓覺得跟金團不配，於是燒了熱水泡茶。尚藥局出於規定永遠在生火，所以在這種方面很方便。

「老家是全村一起造紙。也有段時期考慮過歇業，幸好勉強撐了過來，真是太好了。」

貓貓沒問，庸醫就自己一點一滴地說了起來。

從前只要製造紙張就能賺錢，所以他們不斷伐木，將木頭砍成木屑，專心造紙。由於比起在國內販售，賣到國外更能賺錢，於是他們不斷將紙張當成貿易商品出口到國外。庸醫說在他小時候，家裡富裕到想要多少甜點心都買得起。

然而可能是樹大招風，他們觸怒了女皇，再也不能砍伐原料樹木了。不得已，他們用了其他材料造紙，然而作出來的東西品質粗糙，連貿易商都因此發火，後來就不再找他們合作了。

聽說之後的生活與之前一帆風順的日子不可同日而語，庸醫的祖父當時是村長，說是整日遭到村人責備，要他想想辦法。

村長認為要像以往那樣繼續造紙是不可能的了，然而其他人沒豁達到能接受這種現實，聽說一直把鬱積的怒火發洩在村長與他的家人身上。

貓貓一邊咕嘟咕嘟地把茶注入杯裡，一邊聽他說。

「最讓我寂寞的，是姊姊去了後宮。」

他們原本是在適於造紙的地點建了村子，既然已經無法造紙，留在舊地就沒用了。他們決定搬家，無奈錢不夠用。

他說就在那時，後宮正在徵求宮女，於是姊姊就離家了。

「她笑著說什麼『我去成為國母』，結果我一直沒能見到她。」

到了新的土地又有一個問題，就是設備如何籌措。這需要更多的錢，於是接在姊姊後面，連妹妹都說要去後宮。

「沒辦法，只好由我來了。」

後宮規模一擴大，宦官也得跟著增加。宦官向來比宮女更缺人，他說賣到了個好價錢。

（想不到他吃了這麼多苦。）

貓貓一面這麼想著，一面喝乾了茶。

打掃這種事，總是越做就看到越多骯髒的地方。藥櫃兩日就打掃完了，但接著讓貓貓在意的是隔壁房間。

庸醫好像有勤於打掃，但注意不到細節。貓貓清掉天花板上的蜘蛛網，又仔細把牆壁擦乾淨，就這樣用掉了三日，接著換維修各種器具。

器具的數量比想像中多多了。令她難以置信的是，庸醫居然把不常用的器具全塞到了一個房間裡。

（真是太浪費了。）

貓貓還以為隔壁房間空著沒用，想不到對她來說是堆滿了寶山。裡面還有一大堆的醫書，貓貓一臉歡歡喜喜地收拾，庸醫則是一臉不情不願。

就這樣，貓貓跟翹著嘴的庸醫一同開始打掃至今過了七日。其間，貓貓也有替玉葉妃試毒，不過沒出什麼事。

眉毛彎成ㄟ字的庸醫正在磨藥時，一位宦官來了。還以為是什麼事，原來是捎了信帶過來。

「哦，這是……」

庸醫心想這下可以偷懶，喜孜孜地打開信紙。

「是誰寄來的？」

雖然擺明了是客套話，但貓貓還是問了一下。

「妹妹寄來的。」

庸醫把乾巴巴的紙張拿給貓貓看。貓貓心想這紙的表面簡直像海苔，就跟市面上看到的粗品一樣。

（記得他說過家裡在造紙。）

是否因為是寄給家人，所以覺得用粗品就夠了？貓貓正在這麼想的時候——

「！」

庸醫大驚失色，死瞪著紙面看。

貓貓心想他是怎麼了，站到身旁一看，只見庸醫突然變得垂頭喪氣，然後一屁股坐到椅子上，低垂著頭，把信紙扔到了桌子上。

『家裡可能要失去御用工匠的地位了。』

信上簡短地這麼寫著。

數日前，庸醫才剛跟貓貓自誇過，說老家為宮廷提供紙張。

「怎麼會這樣呢？上次好不容易才說今後可以生產更多紙張的啊。」

有沒有御用工匠這個頭銜，會大幅影響到今後的銷量。高級紙張都是上流階級的人士在用，對御用工匠這個稱呼一定很沒抵抗力。

「太醫說可以生產很多紙張，是表示設法節省了工序嗎？」

貓貓偏著頭，摸摸表面發硬的信紙。

「我們才不會那麼做呢，她說家裡買了牛，得意地說要用來做工。用牛代替人力會有什麼不同嗎？」

造紙工序中有很多勞力工作，以牛代勞或許能讓製作過程輕鬆點。

「可是就這張紙看來，我不覺得有作出能獻給宮中的品質。」

貓貓甩了甩庸醫收到的信。

品質粗糙低劣的紙張，只要稍微弄溼恐怕就會破掉。而且表面起毛，讓毛筆字變得模糊難辨。

「……」

看庸醫陷入沉默，似乎也知道這是粗品。

「……真不知該怎麼辦啊。」

庸醫把頭擱到了桌上。

貓貓心想這下不是打掃的時候，觀察著信紙的表面。

市面上販售的粗品含有大量雜質，草的纖維常常沒處理好，想必是因為沒細細搗碎就拿來造紙，導致紙藥不能好好凝固而變成碎塊。

然而就這張紙來看，纖維似乎搗碎得很均勻。而且厚薄適中，看得出來撈得很小心。然而表面卻起毛，四個邊角一拉就裂。

貓貓偏著頭重讀信的內容。

信上寫說造紙工程與往昔無異，原料也跟至今使用的完全相同。妹妹不知如何是好，寫信來請哥哥想法子，然而很遺憾地，失去半個男兒身的兄長似乎只會驚慌失措。

「傳統工程是如何製作的？」

貓貓把藥缽擦得一塵不染後，放回架子上，把水壺放到火爐上準備休息。

「就跟普通造紙方法一樣啊，只是我們家在搗碎原料與製備紙藥上有獨門祕方，這個不能告訴妳。」

（這種事情就不會長舌講出來呢。）

貓貓一邊想，一邊從架子上拿茶罐。她考慮著要沖哪種茶，正在翻找時，在裡面發現了葛粉。貓貓把它拿出來加進茶杯裡，然後把水壺重新放到火上燒，把水煮開。

「水質也有講究嗎？」

「有啊，為了讓紙藥能適度凝固，我們有汲取湧泉用來調整溫度。再來就是祕密了。」

貓貓一邊想「果然是個庸醫」，一邊多擺了一只茶杯。她將滾燙熱水注入杯中，趁熱水涼掉之前用茶匙拚命攪拌，就調出了濃稠的液體。

葛湯完成了。

「紙藥是用洗米水之類煮成的嗎？」

「沒有，我們是遵循正統作法用麵粉溶解做的，不然不易凝固。」

說完，庸醫摀住了嘴。

貓貓並不在乎用的是洗米水還是麵粉。

貓貓把調好的葛湯放在庸醫面前。

「那麼，太醫家裡將牛養在何處？」

她問。

「這我就不知道了。」

庸醫一副「沒事弄杯葛湯做什麼？」的表情，但仍然開始喝起熱呼呼的葛湯。葛湯濃稠且富有黏性，黏在茶杯裡，好像不是很方便喝。

「小姑娘，妳這份量調錯了，喝不了啊。」

聽了庸醫的抗議，貓貓將茶匙交給他。

「抱歉，小女子教太醫怎麼喝比較方便，可否請太醫照我說的做？」

「怎麼做？」

貓貓含住茶匙舔一舔之後，插進茶杯裡攪拌了一番，然後重複幾遍這種動作。

「有點不禮貌耶。」

庸醫雖然皺著眉頭，但還是照做了。他反覆把茶匙放進嘴裡又攪拌葛湯，漸漸地似乎看出了變化。

「不那麼濃稠了呢。」

「是吧。」

「就像水一樣呢。」

庸醫佩服地看著時，貓貓對他說：

「葛湯與紙藥很像，是不是？」

「是有點兒像呢，假如混入口水，說不定紙藥也會失去濃稠度呢。」

「就是這麼回事。」

庸醫呆愣地張著嘴。

「什麼這麼回事？」

反應遲鈍的庸醫，一邊攪拌茶杯一邊偏著頭。

（我都已經講這麼多了。）

這樣都還聽不出來？貓貓雖如是想，但還是決定再給他一個提示就好。

「牛嘴裡有很多口水，對吧？」

「經妳這麼一說，是呢。」

「太醫不妨確認一下牛是在哪裡喝水如何？為了保險起見。」

貓貓心想「我不會再講更多了」，把茶杯收拾好，決定早早回翡翠宮去。

庸醫似乎總算是注意到了，在紙上寫了某些事，就急急忙忙離開尚藥局去寄信了。

貓貓想著打掃結束後要做什麼才好。

而世上彷彿冥冥之中有所安排，麻煩事隨後就找上了門。

十七話　贖身計

「娼妓的贖身金大約是多少？」

在連接後宮與外界的房間裡等著的李白這樣問，讓貓貓愣了一下。

李白不用傳書而是請人來叫貓貓，讓她還以為是上次那宗案子查出了詳情。

（果然是笨狗。）

「妳聽我說啊，小姑娘！」李白抱著腦袋，用力拍著桌子說。

房間裡的兩個出口各有宦官看守，他們注意著兩人的動靜，但臉上表情明白寫著「真麻煩」。

看來是李白日前去綠青館之際，聽到了娼妓的贖身之事，而且對象似乎是三姬之一。

李白正在迷戀三姬中的白鈴，這話自然無法置若罔聞。

「有高有低。」

「超一流的呢？」

「……小女子明白了。」

貓貓半瞬著眼看著他說。

她請看守的宦官借她筆墨，紙張由李白提供。

「總之行情是要看時價，所以只能當個標準。」

貓貓動筆寫下「二百」。這可說是農民一年能賺到的基本銀兩，而便宜的娼妓只要有這一倍的贖身金就夠了。李白不住點頭。

「不過，這個金額不包括祝賀金等費用就是了。」

贖身金是倒推娼妓還能在青樓賺幾年的錢，再多少加點小錢算出金額，然後乘以約一倍，就是她的價碼了。因為煙花巷向來習慣盛大慶祝贖身，替娼妓餞別。

「請妳單刀直入地告訴我，總額是多少？」

李白神情認真地看著貓貓，但她不知該如何回答才好。

（很難耶。）

白鈴是自從剛在店裡露面就開始接客，收入很豐厚。她沒向青樓借錢買衣裳或簪子，契約應該早就到期了。即使如此，她還是留在青樓賺錢只有一個原因，就是她的性癖好正好適合娼妓這門行當。

假如說贖身是代替娼妓還債，白鈴早就沒欠錢了。

（小姐今年是幾歲來著？）

白鈴雖然肌膚永保光澤，擅長的舞蹈也跳得一年比一年好，然而她從貓貓出生前就在青樓了，是三姬當中年紀最大的一個。

由於她容貌青春永駐，有時還有人謠傳「白鈴是吸人精氣以保持青春美麗」。傳說有種方術稱作房中術，是藉由男女歡愛以保持元氣，貓貓有時也不禁猜測搞不好白鈴就是深諳此道。

以年齡來說應該早已失去價值，但她姿色卻不見衰退，本人也仍然充滿幹勁。

然而同時，老鴇也不能永遠只讓三姬獨領風騷，應該差不多想把最年長的白鈴送走了。日前貓貓返鄉時，聽老鴇抱怨過這件事。

白鈴在綠青館傾頹時成了穩固的支柱，的確是這間青樓的代表性娼妓，但也不能永遠依賴她下去。必須趁著店裡生意穩妥時巧妙地汰舊換新，否則會在不知不覺間積滿老舊塵垢。

貓貓一邊抓抓後頸一邊沉吟。

「假如有人為白鈴小姐贖身，有兩名候補人選。」

貓貓搜尋記憶。

如若有人為她贖身，想必會是長年的熟客。綠青館不太接新客。

一位是做貿易生意的大老闆，他是個出手大方的老人，當綠青館傾頹時仍然照樣光顧，是位和藹的老者，也常常給小時候的貓貓糖吃。

這位老闆主要不是買一夜春宵，而是來飲酒欣賞舞蹈，已經向白鈴提過好幾次贖身之事。雖然每次都被老鴇巧妙把話岔開，但現在應該會答應。

另一位是身任高級官職的貴客，年紀尚輕，大概三十出頭而已。雖不知是什麼職位，不過回想起數年前客人刀柄上的玉飾顏色，當時就比現在的李白官階更高，如今想必更是陞官進爵了。

這一位以枕席之歡的對象來說，似乎與白鈴算是一拍即合，翌日的白鈴總是心情大好。只有一點讓貓貓在意，就是比起肌膚紅潤的白鈴，客人常常顯得有些疲累。

想到贖身之後的生活，兩者都讓貓貓有所不安。

白鈴雖是擅長舞蹈的美麗娼妓，但同時也以夜晚從不吃敗仗聞名。嚴重到有時當她慾火焚身時，不只青樓的男僕，連其他娼妓或見習的小丫頭都碰——

換言之就是個色魔。

老鴇除了贖身之外，還考慮讓白鈴管理綠青館，主要也是基於這一點。

還有一個方法，就是白鈴自己離開青樓，但以她的個性來說不太可能。

（感覺這是最和平的方法。）

表面上採用引退的形式，但在特別場合可以接客，閒暇之時則可以自由戀愛。由於比起至今狀況能享有更多自由，她也許會樂得接受。

（嗯——）

貓貓瞪著李白。

李白年齡還在二十五歲上下，體格結實。鍛鍊得充滿武官風範的上臂正合白鈴的胃口。

況且之前李白初次來到綠青館時，結果直到貓貓回宮之前，他整整兩日以上窩在白鈴房裡，但沒有半點憔悴模樣。

「敢問李大人領多少俸祿？」

「怎麼突然問這個？」

李白顯得有些慌張地說。

「一年八百銀兩嗎？」

「喂喂，怎麼這樣給人估價啊。」

李白臉孔有點僵硬，但還算從容。

「那麼一千二百？」

「……」

看李白不說話了，大概是介於兩者之間，年約一千銀兩吧。以年齡來說算是高薪了。

即使如此，想為高級娼妓贖身，至少要準備一萬銀兩。畢竟這位娼妓喝茶就要百兩，陪客一夜更是要收三百。

李白後來又請了白鈴同衾兩三次。從俸祿來想怎樣都不夠付，不過這應該是老鴇指使的。她很可能是故意把李白派給白鈴，免得她慾火焚身。

「不夠？」

「不夠。」

「能不能等我飛黃騰達後再還？」

「不能，最好有現款一萬。」

「一……一萬！」

看李白當場僵住，貓貓在想該怎麼辦。

只要能想到如何籌錢，李白作為贖身人還不錯。他看起來體力豐沛到無處發洩，白鈴應該也不會排斥。

她是覺得不會排斥，但有沒有到喜歡的地步就不知道了。

（嗯——）

貓貓看著李白沮喪的樣子，呼地嘆了口氣。

李白似乎也有同感，神情略顯不安地看著貓貓。

「……假設我能籌到一萬好了，妳覺得這樣就能贖身嗎？」

「李大人是說小姐有沒有可能狠狠拒絕嗎？」

貓貓若無其事地說完，李白眼睛布滿血絲，把牙關咬得嘰嘰作響。
她只是說可能，沒有一口咬定。
（真沒辦法。）
貓貓站起來，然後站到了李白面前。
「李大人，可否請您稍微站起來一下？」
「……好。」
心情沮喪的大型犬，乖乖地照貓貓說的做。
「那麼，可否請大人直接將上衣脫了，雙手抬高到肩膀位置，讓胳膊鼓起肌肉？」
「好。」
看到李白聽話照做，反而是看守的宦官慌張起來，阻止開始脫衣服的李白。
「小女子沒要做什麼邪淫之事，只是看看罷了。」
即使貓貓這麼說，宦官也不可能接受。
李白繼續沮喪地在椅子上端正坐好。
「脫了就不會被拒絕嗎？」
「小女子只是知道白鈴小姐床第上的喜好罷了。」
「……我脫。」

李白開始脫衣服。宦官想阻止，他出示代表自己官位的玉飾讓他們閉嘴。

貓貓在擺姿勢的李白周圍繞圈圈，從各種角度觀察。有時還用雙手的拇指與食指做出方框，透過它仔細觀看。

不愧是武官，體魄鍛鍊得十分強健。骨架也沒有彎曲，肌肉生長均勻。右臂稍粗一點，可能因為他是右撇子。

白鈴是沒得挑選就什麼都吃的惡食家，但也有她的偏好。假若此時白鈴在場，想必已經伸舌舔嘴了。

「那麼，請將下半身也脫了。」

「……下面也要？」

「下面也要。」

貓貓不苟言笑地說。

李白不情不願地伸手解開褲帶，脫到只剩一條兜襠布。

即使如此貓貓仍面不改色，目不轉睛地觀察。

腰腿也都相當健碩，看得出李白每日的鍛鍊做得十分周全。突起的大腿肌肉穠纖合度地連向膝關節，然後肌肉又往小腿延伸，一路隆起。

（真是好肌肉。）

跟來到青樓的那些沉迷飲酒的大肚腩差多了。

皮膚也不顯得蒼白不健康。

（正合小姐的口味。）

貓貓心想這下可行，於是讓李白接二連三變換姿勢，察看肌肉的線條。

李白似乎也滿容易得意忘形的，姿勢擺得越來越起勁。

為了確認最後最重要的部位，貓貓正要說：

「那麼請大人再脫一件……」

這時傳來了「砰」的開門聲。

原本姿勢擺得起勁的李白臉色頓時刷白。

宦官臉色變得像是被宣判了死刑。

貓貓張口結舌。

「你們這是在做什麼？」

面露青筋的後宮總管閣下與他的副手站在門前。

在門扉外頭，跑來偷看壬氏的宮女好像看到了不該看的東西，一個個應聲昏倒在地。

總之……

「壬總管吉祥。」

貓貓先回了這麼一句。

世間之事真是不可思議。

貓貓如此心想。

自己現在為何跪坐在地呢？而壬氏就在貓貓眼前，用冷冰冰的目光看著她。

方才還待在同個房間裡的李白半裸著身子，垂頭喪氣地回去了。真是個大傻瓜。

貓貓雖然覺得李白很詐，但心想他在的話問題會更複雜，所以也許不在才好。

「妳剛才在幹什麼？」

貓貓一邊想「美人生起氣來好可怕喔」，一邊抬起臉來。

壬氏像恫嚇人似的雙臂抱胸，叉腿站著。在他的身後，高順一副達到無我境地的佛僧般神情，雙手合十。

在兩個入口前面，兩名宦官雖然一臉疲倦，但仍頻頻偷瞄美如冠玉的宦官長閣下。緊緊關起的門扉外，可以想像一定有一群宮女在偷窺。貓貓在想等會出去時該怎麼辦。

「沒有做什麼，不過是李大人找小女子商量事情罷了。」

貓貓在翡翠宮有跟紅娘報告過了。衣服上午都洗完了，而且今日並無預定要舉行茶會，因此不用試毒。只要在晚膳前回去，應該不會影響到當差才是。

「那麼，那個男人怎麼會是那副模樣？」

哦，原來是這件事啊——貓貓心想。

雖說有看守在場，但一個後宮外的男子那樣衣不蔽體，的確是很大的問題。

得趁現在好好解開誤會才行——她想。

「小女子沒做什麼虧心事。小女子什麼也沒碰，只是仔仔細細地欣賞罷了。」

貓貓強調「只是欣賞」四個字，告訴他自己一根手指也沒碰，這點希望壬氏明白。

然而壬氏瞠目而視，變成了有點後仰的姿勢。

總覺得高順的神情似乎從無我進入了解脫境地，他為何要用菩薩般的神情看著貓貓？

「妳……仔仔細細地，欣賞？」

「是的，只是欣賞。」

「為何？」

「也沒有為何，只是要檢查是否為符合喜好的身體，親眼確認應該是最好的方法。」

貓貓想了很多關於白鈴的贖身之事，不過她也想尊重白鈴的心情。白鈴雖是個多情女子，但貓貓覺得如果她能嫁給比較心儀的男子，就再好不過了。

假若李白離白鈴的喜好太遠，貓貓也不會像這樣給他出主意。貓貓沒好心到那麼喜歡照顧別人。

貓貓在受到阿爹領養之前，是在綠青館長大的。當時照顧她的，正是三姬白鈴、梅梅、女華以及老鴇。

白鈴雖沒有生育的經驗，但體質特殊能分泌母乳，所以貓貓是她餵大的。貓貓出生之時，白鈴才剛結束見習訓練，但肉體已是成熟的女子。

貓貓總是喚白鈴為「小姐」，實際上她比較像是娘親。順便一提，之所以不稱「大姊」而是「小姐」，是因為梅梅與女華會生氣。

假如贖身對象是從兩名長年熟客當中選一個，白鈴恐怕過不到想要的生活。

但讓她就那樣變得像老鴇一樣，貓貓又覺得有點可惜。

很多女子因為身為娼妓，而放棄生兒育女。她們長期使用大量避孕藥與墮胎劑，有時會導致失去孕育孩子的能力。

貓貓不知道白鈴是否也是如此，只是回想起兒時讓她抱在懷裡搖著入睡的日子，就覺得惋惜。

她雖是性慾較強的女子，但也具有同樣豐富的母性。

李白愛上了身為娼妓的白鈴，十分清楚她身為娼妓，對自己以外的客人也會提供相同的服務。

雖說他多少有點笨狗的德性，但骨子裡認真務實，且願意為了女子飛黃騰達，有些討人喜歡的傻氣之處。

這種個性之人都滿專情的，情意想必不會輕易變淡。就算變淡了，貓貓應該也有辦法安排兩人分手。

最重要的是他體力充沛無比。

而貓貓正在品評李白的條件時，壬氏就來了。

身為管理後宮之人，想必是不高興後宮女子輕易與外頭男子見面吧，偏偏就只有在這種莫名其妙的地方當差特別賣力。

「妳說符合喜好的身體？」

「是的，雖然外觀只是構成人的一項要素，但能夠符合喜好當然最好。」

李白的身材幾乎是合格了，貓貓正打算在最後確認最重要的部位，考慮今後如何向白鈴美言兩句。

貓貓雖然說過贖身金要一萬銀兩，不過視方法而定可以減半。這也要看白鈴是如何看待李白的。

「外觀很重要嗎？」

壬氏總算不再叉腿站著，坐到了椅子上。他還在火冒三丈，用鞋子喀喀地跺地板。

「有一定的重要性。」

貓貓心想，這種話由壬氏來說，聽著總覺得有點不痛快。

「妳會這麼說真教我意外，那麼那個男人的外觀如何？」

貓貓覺得此人問題真多，但下人的難為之處就是所有問題都得回答。

「大人的肉體十分勻稱均衡，鍛鍊底子打得紮實，上下肌肉沒有一點多餘之處。看得出來是一位每日鍛鍊從不偷懶的勤勉人物，在武官當中想必算是武藝特別了得的一位。」

聽到貓貓這番話，壬氏睜圓了眼，表情看起來像是貓貓說出口的話令他大感意外。接著他的神色變得相當不愉快。

「妳從一個人的身材，就能看出其為人嗎？」

「大致上可以，因為生活習慣會如實呈現在身上。」

在開藥給不願多談自己事情的客人時，看清對方的狀況是很重要的事。只要經營藥舖久了，就會自動學會這種技術。

「妳看我的身體，也同樣看得出來嗎？」

「……啊？」

貓貓不由得蠢笨地叫了一聲。

看看壬氏的神情，似乎有那麼點嘔氣的味道在。

（莫非……）

貓貓心想，這個男的也許是在嫉妒李白。

方才表情變得更不悅，大概也是出於這個原因。因為貓貓大力稱讚了李白的健美肉體。

（這個男的真是……）

貓貓真想嘆氣。

（竟然想強調自己比別人好看。）

壬氏的容貌很美，若是身為女子，他的美貌足以傾國傾城，就算身為男子似乎也不是不可能。

都已經擁有綽綽有餘的過剩美貌了，這次竟然換成想炫耀身材？

（想炫耀可以啊，請便。）

貓貓曾略微看過一眼，壬氏的身體結實健壯得令她意外。不用緊盯著看，就知道他的身材很健美。

可是，看了又能如何？難道說壬氏的肉體比李白勻稱，就要貓貓把壬氏推薦給白鈴嗎？

不對，我有跟壬氏提過白鈴的事嗎？貓貓東想西想。

壬氏將手肘支在桌子上，微微嘟著嘴唇，目不轉睛地看著貓貓。

在他的身後，看守的宦官雖然心驚膽跳，仍看著壬氏生氣的表情看得如痴如醉。

高順用宛若置身涅槃國的溫和神情看著貓貓。

雖然對壬氏過意不去，但現在還是把話講明了吧。因為白鈴在身體上最重視的要素，壬氏是沒有的。

無論其他部分多麼出色，沒有那個就沒有意義。

「就算看了壬總管的身體，也沒有任何意義。」

貓貓戰戰兢兢地說。

周圍的氣氛一口氣結凍。

高順的神情頓時從涅槃國變成了蜘蛛絲斷掉的罪人。

「很遺憾，小女子認為壬總管與小姐並非天作之合。」

「啊？」

壬氏的嘴巴發出蠢笨的叫聲。

高順把頭抵到了牆上。

○●○

現在到底是什麼狀況？李白心想。

日前李白稍稍幹了點蠢事時狠瞪他的宦官，現在就在眼前，而且臉上還浮現美澤鑑人的笑容。

記得此人應該是名為壬氏的宦官，年紀恐怕比李白更輕，卻成了皇帝的親信。由於此人美貌出眾，有謠言說他是皇帝的男妾，但處理公務的態度認真，一絲不苟。

比較麻煩的是身邊無論男女都會被他迷住，但除此之外李白覺得沒什麼特別值得注意之處。李白在這方面屬於正道，無論長得多漂亮，對男人就是沒興趣。

然而此人突然跑來目不轉睛地盯著自己看，讓李白還真不知道該如何應對。

幸好沒有閒雜人等在此——李白心想。此處是長官的樓房，附近一帶人煙莫名地少。他想起來了，是因為這裡有個怪人軍師，所以誰都敬鬼神而遠之。

聽說最近怪人軍師常常到別處閒晃，如今看到這位宦官人在這裡，在公務上被迫跟軍師周旋的大概就是他了——李白想。

李白也不想被捲入麻煩事，交了文書就想早早走人，卻正好碰上了剛從羅漢書房走出來的這位宦官。

而對方卻像這樣滿面笑容，真是不可思議。

話說回來，說到不可思議……

在名為壬氏的宦官身後候命的副手，就是以前請李白到娼館交涉的那位官員。記得他應該是李白長官的老友。

難怪他好像認識長雀斑的宮女貓貓，原來是這樣的關係，李白有點弄懂了。

「陪我走走吧？」

以李白的身分地位，被這樣要求是不能拒絕的。對方雖然比自己年輕，腰上的玉飾顏色卻比李白更尊貴。想反抗此人，恐怕還得再昇官晉爵個幾次才行。

「遵命。」

李白簡短回答後，跟在宦官等人的後面一起走。

地點在宮廷的中庭，長官夏日夜晚常在此處納涼。現在這個季節想納涼反而會覺得冷，特別是這個時段不會有人在。與風雅喜好無緣的李白，沒事不會造訪這個地方。

若是夏天，一種名為紫陽花的植物會綻放繡球般的大團花朵。這種奇花異草傳自東方島國，據說花色會隨著不同日子變成紅色或藍色，好像是怪人軍師特地種在這裡的。花朵形狀有點兒像紫丁香，不過此時只是株矮樹罷了。

李白覺得那人也太任性妄為了，然而聽人家講就連將軍都對那個戴單片眼鏡的怪人抬不起頭來，大概是莫可奈何的吧。

壬氏在涼亭裡的椅子坐下後，伸手叫李白坐。

既然人家都叫了就只能坐下，李白坐到他的對面。

壬氏將下頷放在交疊的雙手上，展現光輝燦爛的笑容。身後的副手習以為常地看著他這副模樣，但李白卻覺得無法適應。說句玩笑話，亮到讓他都想把臉別開了。

人家說他若身為女子可以傾國，李白也覺得未必是信口胡謅。然而這位仁兄是男子，縱然重要的那話兒已經沒了，仍然是個男子。

壬氏那天女般的容顏與絲絹般的頭髮容易把人騙倒，其實他個頭頗高，肩膀也夠寬闊。即使站在體型有如武官的副手旁邊也不顯得瘦弱。

假如被他那柔和的笑靨騙倒而妄想侵犯他，想必會吃到苦頭。優雅的舉止正代表了俐落的身手。

李白剛才跟在後面時，對宦官抱持了如此觀感。同時他覺得彷彿在哪見過此人，但就是想不起來。

李白從以前就有看到過幾次這位宦官的臉，但應該沒有直盯著看過才是，可是他卻覺得哪裡怪怪的。

這麼一位大人找自己會有什麼事？

「聽我那裡的侍女說，**李公**現在似乎有意中人是吧？」

李白覺得光聽「李公」這個稱呼就大有蹊蹺，會是他多心了嗎？

一瞬間，李白想了一下他那裡的「侍女」指的是誰，不過從語意上推斷，大概就是那個瘦巴巴的雀斑女了。

這讓李白想起她曾說自己在外廷當差，想不到是在這位宦官的底下幹活，讓他不禁摸了摸下頷。

才在想竟然會有人僱用那個姑娘，天底下還真不缺好事家，但誰想得到那個好事家竟是這位美貌的宦官？

不過雖說因為當時情況特殊而需要做些解釋，但李白有點訝異於貓貓說出了別人的贖身之事。或許就是因為這樣，這個宦官才會老是衝著他笑。

以他這個年紀，擁有人稱天下第一的美貌，又身居受到主上器重的地位，對他來說替娼女贖身之事恐怕只是個笑話吧。

想愚弄自己可以，但假如此人要取笑自己的心上人白鈴，李白不會善罷甘休。

白鈴是個好女人，不只是個好娼妓，也是個普通的好姑娘。

李白想起她在床笫之間的笑容，想起她指尖捻起衣裳起舞的身姿。想起她泡茶，對每一個小地方關懷備至的模樣。

如果說娼妓這門行當本應如此，或許是吧。

但李白覺得那也無妨。

無論是真是假都無所謂。

只要自己相信，真假都與自己無關。
李白看過好幾名同僚沉迷娼女或賭博而發狂，而看在旁人眼裡，自己想必也是其中之一吧。對李白說白鈴是惡女的那些人，也一定是為了李白好。
他一方面覺得感激，一方面也嫌多管閒事。
李白是自願成為綠青館常客的，很多時候見不到白鈴，只是在玄關讓見習的小丫頭奉茶就結束了。
這樣也無妨。
以高不可攀的名花自居，也是白鈴的職分。
即使光是喝茶就要收取一個月的銀兩，又有誰能說她貪婪？
她們將自己這個個體全耗費在娼妓之身上，作為商品而活，嫌她們身價昂貴的人才是不懂其真正價值。
假如眼前的宦官敢吐出侮辱白鈴的一個字，李白已有動手的覺悟。
這麼一來，自己的腦袋也可能不保。
李白覺得那樣也無妨。
剛正不阿，這種魯莽的作人態度正適合自己，就算旁人將自己罵作為娼妓痴狂的愚人也無所謂。

不過李白還是試著克制脾氣，用左手按住顫抖的右手看著壬氏。

「總管為何提起此事？」

李白注意著不要多嘴補上一句「這跟你應該無關吧」。

壬氏對李白怫然不悅的態度顯得毫不介懷，臉上仍舊浮現著天仙般的笑靨。

然後，從他的嘴唇說出了令人驚訝的話來。

「假如我說贖身金由我替你出，你覺得呢？」

「！」

李白大吃一驚，忍不住站了起來，拍了桌子一下。桌子是以花崗岩切削而成，手掌震得發麻起來。

等震動傳達到全身後，李白才終於發得出聲音。

「總管此言何意？」

「就是我說的意思。贖身金要多少才夠？兩萬夠嗎？」

聽對方講兩萬講得輕巧，李白咕嘟一聲吞下了口水。這不是說拿就能拿出來的金額，更不可能對一個陌生官員突然這麼說。

不知是已經聽貓貓說過贖身金額，抑或對這名男子而言，這不過是一筆小錢罷了？李白百思不得其解。

同時，既然對方已經提出兩萬金額，李白不禁覺得請對方分攤一半或許不是難事，但他決定不要再有這種依賴人的想法。

「感謝總管厚愛，然而對一名素不相識的官員突然說這話是否妥當？」

甜言蜜語必有詐，李白沒傻到會忘記此種連孩童都知道的常識。

李白暫且坐到椅子上，看著對方的眼睛。提出龐大金額的金主不改神色，身後的副手一副無奈的表情。

「我那裡的貓兒戒心極強，但她卻願意為李公出主意，而且認為你適合成為有如親姊之人的伴侶。」

他說的貓兒，應該就是說貓貓了。的確，說是貓還真像貓。雖是隻戒心強的野貓，但在要飯時好像會若無其事地靠近過來，然後得手了就速速開溜。

要飼養的話，這種生物與李白不合。他寧可要更溫馴，而且能與自己一同游獵的狗。

但聽他的說法，貓貓即使擺出那種態度，或許對李白還是有幾分信任的。的確，貓貓雖然很不耐煩地托著臉頰，眼神冷淡地聽他說話，但是會回答李白的問題。

不過也因為如此，才會害得李白得像這樣跟宦官談話。

「總管的意思是，既然小心謹慎的貓兒親近下官，就表示下官值得信任？」

李白此言讓壬氏抖了一下。

李白心想「我說錯什麼了嗎」，但壬氏又變回了原本的柔和笑靨，於是他決定當成是自己多心了。

「我聽旁人講了一些關於李公的事，你雖為地方官之子，但要在京城當上武官，想必是備嘗艱苦吧。」

「多少難免。」

無論在什麼地方都有所謂的黨派。李白雖出身官宦人家，但只是地方文官。受到的打壓絕不算小，建立的功勞也屢次遭人忽視。

「聽聞李公受到善於識人的軍師閣下賞識，指派你統領一旅？」

「……正是。」

這個男人究竟調查了多少自己的事？表面上明明是說一位旅長辭了武官，才讓李白遞補的。

「誰都會想跟前途無量的官員打好關係，不是嗎？」

就算如此，兩萬銀兩出手也太大方了。

李白只需要它的一半……不，考慮到自己的門路或積蓄，再一半就夠了。

若是四分之一，五千銀兩的話，這名男子是否會一句話說給就給？

雖是令人垂涎的大好提議，但李白搖頭了。

李白神色嚴肅地看著壬氏的臉。

「老實說，下官很高興總管如此看得起下官，也巴不得能接受總管的美意。只是，下官不能就這樣收下銀兩。對您而言，她或許不過是一名娼妓，但對下官而言卻是天下僅有的女子。不能用自己攢來的錢迎娶嬌妻，還能稱為男人嗎？」

李白用不習慣的措辭講話講得很累，盡量將想法告訴了宦官。

他本來擔心壬氏會因此而不悅，然而天女般的容顏面不改色。不，甚至比方才更加柔和了些。

微笑變成了喜笑。

「原來如此，是我失禮了。」

宦官用優雅的舉止站起來，以手指輕柔地梳了一下髮絲。

這位站姿宛如一幅美人畫的人物，露出心滿意足的神情。

「今後我也許會有事找李公商量，李公不介意吧？」

「遵命。」

李白也站起來，將拳頭砸進手心裡行禮。

俊美的宦官輕輕點頭回應後，就帶著副手逕自回去了。

李白愣在原地，一直等到優雅的背影消失不見。

然後——

「到底是怎麼一回事?」

他不知所以地用力抓了抓頭,碰到頭髮還沒長出來的燒傷部分,令他有點沮喪。

李白坐到椅子上……

「這下該怎麼辦哩——」

喃喃說了這麼一句。

總之下次練武時,在長官面前稍微表現一下好了,或者可以請長官多派點差事。

不,比起這些……

先寄封信給不知何時還能相見的女子吧,不是單方面地前去迎娶,要問問她的意願才行。

就算得到的回答是客套話也行,李白願意相信它,當成日日奮鬥的動力。

「好!」

李白將手插進袖子裡,小跑步離開了中庭。

同時考慮著要用何種枝椏綁信才好。

○●○

「貓貓，有妳的信喲。」

貴園將一疊木簡遞給了貓貓。貓貓解開捆信的繩索，看到裡面寫滿了流麗的文字。是數日前，貓貓寄給綠青館的信得到的回音。

『婆婆是有提到些什麼，但我可是寶刀未老呢。』

身材豐滿的小姐挺著胸脯說話的模樣彷彿歷歷在目。

寄信人是白鈴。

『再說，我還在等有朝一日哪個地方的公子來迎接我呢。』

寫作公子，唸作「王子」。傳說在遙遠的異國，有種騎著白馬的「王子」會挺身解救受困的姑娘。

白鈴是女子，也會像女人家一樣說些美夢。

即使年紀早已不能稱為姑娘，已經與用手指都數不完的男士發生過關係，但依然不放棄作夢。

也許這種堅強正是她青春永駐的原因之一。

（雖然早就有這種感覺了。）

只要能贏得她的芳心，用不到一萬銀兩就能贖身了。只要能夠扮演她喜愛的「王子殿下」就成了。為此需要的是過人的體力與肌肉，以及一般男子皆有，但宦官沒有的東西。

然後再加上一點演技與祝賀金就成了。

贖身金姑且不論，假若連祝賀金都要講價，大家是不會吃這個悶虧的。

老鴇也在說：

「想引退也行，只是祝賀絕對不能省。」

平日一毛不拔的嬤嬤，在這方面可是出手闊綽。

白鈴曾作為煙花巷的花中之魁華麗綻放，在離開舞臺時也想給她該有的盛大場面。

這是作為娼妓而活之人的榮譽。

因此，如果是白鈴真正心儀的男子，嬤嬤也不會漫天要價。只是作為必須經費，祝賀金至少會收個五千。

如果連這點錢都賺不到，一定配不上白鈴，敢吝嗇講價之人更是不值一提。

（即使一萬有困難，五千上下的話……）

只要李白今後順利飛黃騰達，這點錢應該幾年就能籌到了。

再來就看運氣。

假如白鈴被老鴇的想法洗腦，一切就吹了。李白要做的就是在那之前贏得白鈴的心，然後存到錢。

貓貓沒必要特地做些什麼。

如果硬要說有什麼地方需要注意……

（總不至於去借錢吧？）

李白就算跟人借錢勉強湊到數字，想必也會被老鴇查出來，這麼一來就完了。老鴇會不願意將白鈴嫁給債臺高築的男子，全力擊潰李白。

貓貓是覺得李白不會這麼做，但這種事情誰也說不準。

就在她這麼想的時候，書信最後寫了件令她非常在意的事。

『我想是那個人過來，提過贖身的事情，所以讓小丫頭誤會了。』

難得白鈴會寫得這麼拐彎抹角。

（那個人是吧？）

貓貓明白她說的是誰。

貓貓把看完的木簡用繩索綁起來，放到了房間的桌上。

她來到走廊上，發現壬氏他們睽違幾日，今日又來探望翡翠宮了。

日前貓貓與壬氏辭別時，他很不高興，不過今日看起來心情似乎相當的好。

貓貓一邊想著他是怎麼了，一邊去廚房準備泡茶。

十八話　青薔薇

冷天漸漸轉暖，已是能感覺到大地回春的時節。貓貓一邊曬棉被，一邊覺得難以抵抗和煦陽光的誘惑，但她搖頭克制自己，繼續勤奮幹活。

每日過得充實，果然就會覺得日子過得特別快。不像待在壬氏樓房的那兩個月，彷彿度日如年。

貓貓對外廷的尚藥局藥櫃雖有所留戀，不過今後只要利用庸醫改造後宮尚藥局就行。至於書庫，只要拜託高順，他就會幫貓貓適當地挑些書來。

如果可以任意進出後宮，就更沒得挑剔了，但那是奢望。既然待在後宮，就不能做出隨意外出的行為。

玉葉妃懷孕的可能性變得更高了。

她月信一直沒來，總是渾身疲軟。體溫似乎也稍稍偏高，排泄的次數好像也增加了。

看到鈴麗公主不知為何，會將臉貼在玉葉妃的腹部微笑，說不定是發現了什麼。

（感覺得出來嗎？）

公主一邊對玉葉妃的腹部揮手說再見，一邊跟著紅娘前去午睡房。

小孩子真是不可思議。

公主開始會搖搖晃晃到處走動，穿起皇帝御賜的紅鞋，變得需要侍女費心照料了。表情也越來越豐富，給她柔軟的包子，她會笑咪咪地回應。也許是身為女子的本能吧，翡翠宮的宮女自己沒有子女，養育起公主卻是疼愛有加。

紅娘偶爾會說「我也差不多該想想了」，但包括貓貓在內，其他侍女都不知該做何反應。她看起來像在著急，但責任心重的侍女長想必不可能為了婚嫁而辭職。就算有人找她提親，大家必定也會極力挽留紅娘。

因為有她在，翡翠宮才能靠這點人數運作。

能力太強也是件麻煩事。

如今貓貓在沒有特別差事時，就會陪公主玩。一方面是因為貓貓腿傷還沒好；一方面是與其讓其他勤快的侍女來照顧，不如讓除了試毒之外沒做多少事的人照顧公主比較有效率。

這天貓貓照常跟鈴麗公主玩，公主堆起積木，再把它推倒。積木是特地使用輕巧木材讓人做的。

公主似乎對附有圖畫的書籍也很感興趣，於是貓貓請高順借些書來，照著圖畫依樣畫下來，在圖畫底下寫上名稱給公主看。雖然公主年方虛歲二歲，不過貓貓聽說過讓幼兒習慣看圖會學得快，所以嘗試了一下，結果被紅娘拿走了。

「請妳畫點普通的花草。」

紅娘指著庭園裡的花草說。

看來不管多漂亮，毒菇之類的就是不行。

貓貓就像這樣過著每一天。

就在這時，許久沒現身的美貌宦官，帶著棘手的事當伴手禮來了。

「青色的薔薇嗎？」

貓貓看著神情有些憔悴的宦官說。

「是啊，大家好奇想看看。」

壬氏一臉困擾地點頭。就連這種表情，都會讓宮女尖叫說憂鬱的神情也好美。而就在此時也有三雙眼睛從門縫間偷看，但是就別去在意了。然後，眼睛變成倒三角形的紅娘巧妙地右手抓兩人，左手抓一人的耳朵把她們拉走了，不過這也不用在意。

高順見狀敬佩地說：「真是精湛的動作。」這事就別說出去了。

回到正題。

「大家決定下次要來欣賞那種花。」

壬氏表示不知為何，變成要他負責找來。

（又撿麻煩事了。）

「總管是要小女子去找？」

「妳有沒有些頭緒？」

「小女子只是開藥舖的。」

「但我覺得妳好像辦得到。」

壬氏講得很沒出息。

「這倒是說得對。」

悠閒地坐在羅漢床上的玉葉妃也跟著幫腔，公主在她身旁小口小口地喝著果子露。

好像不知道是哪裡的什麼人說，玉葉妃的侍女可能會知道些什麼。

原來如此，難怪會輪到壬氏頭上來。

（不會是庸醫說的吧？）

不是完全不可能。

那個好性情的大叔，常常容易對別人過譽。真是麻煩透頂。

貓貓並非對薔薇沒有半點知識，從花瓣採得的精油被認為具有美肌效果，娼妓會訂購。

貓貓也曾經熬煮蒸餾過香味濃郁的野薔薇花瓣，製作精油賺零用錢。

「據說以前廷內開過這種花。」

壬氏一邊雙臂抱胸一邊說。

處罰完三位姑娘的紅娘重新泡了茶，從房門口走進來。

「竊以為只是幻覺罷了。」

（啊——小腿好癢。）

傷口在快癒合時會發癢。貓貓趁著桌子擋住了腳，用腳尖搔癢。搔過腿之後，總覺得其他地方也癢了起來。

「只有一個人提起這事，但一問之下，有好幾人宣稱看過。」

壬氏用難以言喻的表情說。

「是否在流行吸鴉片？」

「要是那種東西在流行，國家就要滅亡啦！」

壬氏一不小心改變了講話方式，讓玉葉妃與紅娘睜圓了眼面面相覷。高順眉頭緊皺，乾咳一聲。

壬氏一瞬間露出生氣的表情，但下個瞬間臉上就浮現出天女的笑靨，然後加上哀求般的憂愁看著貓貓。

貓貓還是很不擅長應付這張光輝燦爛的臉孔。

「哎呀哎呀。」玉葉妃在一旁看著，好像覺得很有意思。貓貓一點都不覺得有趣。

「辦不到嗎？」

（身體不要湊過來啊。）

他再靠近過來，會把貓貓煩死。

貓貓不禁嘆氣。

「小女子該怎麼做？」

「希望下個月的園遊會能看到。」

他指的是春天的園遊會。

從上一回的園遊會到現在，已經過了這麼久嗎？

貓貓正覺得感慨良深時，發現到了一件事。

（嗯？下個月？）

「壬總管是否知道？」

「知道什麼？」

壬氏偏著頭。

他果然沒搞懂。

不可能有什麼青色薔薇，不是顏色什麼的問題。
「薔薇至少要再等兩個月以後才會開花。」
「……」
無言就表示他不知道。
（果然。）
貓貓有種不祥的預感。
就像是有人為了整他，故意把辦不到的難題塞給他。
「我會設法回絕。」
「小女子可否請教一個問題？」
壬氏垂頭喪氣地看著她。
「此事該不會是某位軍師向總管提起的吧？」
整件事聽起來，有可能是如此。
（難怪從剛才就全身發癢。）
大概是隱約察覺到那種氛圍了，貓貓的身體似乎是對那個連名字都不想聽見的男子起了排斥反應。
「對，是羅……」

壬氏急忙摀住了嘴。

玉葉妃與紅娘一臉不解地偏著頭。

不用說，就是那個**男人**。

（沒奈何。）

這麼一來，自己也有責任。

「小女子不敢保證能辦到，但小女子會盡力。」

「可以嗎？」

「可以。關於這點，小女子需要幾件東西以及地點。」

反正一味逃避也讓貓貓生氣。

她想趁此機會，打爛那個賊笑的單片眼鏡。

○●○

春天的園遊會在春季牡丹的花海中舉行。

往年會選在更早的時期舉行，然而每次總有人冷得受不了，於是改成了現在的時期。其實早就該改了，然而慣例是很難改變的。

庭園裡鋪著紅毯，整齊擺放著長桌與椅子。

樂團正在保養樂器，等著隨時上場。

女子匆匆忙忙地確認各項準備有無不備之處，年輕武官摸著仍然稀疏的鬍鬚，愉快地看著她們。

背後拉起了布幕遮蔽視線，裡頭有人在吵鬧。

瘦得不成人形的嬌小姑娘，抱著個大花瓶。

裡頭插著的，是離花季還早的各色薔薇。

「真的作出來了啊。」

壬氏望著蓓蕾尚未完全綻放的花朵。顏色有紅、黃、白、桃紅，甚至連黑色、紫色或綠色都插著。只說要作青色薔薇，誰想得到會變得如此色彩繽紛？

這究竟是怎麼回事？壬氏眼睛眨啊眨的。

「果然是件難事，沒能讓它開花。」

貓貓像是由衷感到遺憾地說。

這話與其說是對壬氏感到歉疚，毋寧說是怪自己窩囊未能達成目標。壬氏明白她這姑娘就是這種個性，明白歸明白，但總覺得火大。

實在讓他火大。

「不，這就夠了。」

壬氏拿起一朵薔薇，水滴從花莖滴答落下。

「嗯？」

壬氏覺得好像有哪裡不對勁，但心想現在不用管這個，將薔薇放回花瓶裡。

話說回來，明明說了要青色薔薇，沒想到熱熱鬧鬧地加了這麼多種。

壬氏把疲勞過度而快要昏倒的姑娘交給翡翠宮的侍女，將花瓶拿到宴席的上座去擺設。

含苞待放的花卉，似乎已足以奪走眾人對絢爛牡丹的注意力。

所有人無不從遠處圍觀，大為驚嘆。

原本嗤之以鼻認為不可能辦到的高官，都吱吱喳喳地一片譁然。

壬氏是受到皇上寵信的宦官，其容貌不是他要自誇，別人看到大多都會驚為天人。即使如此，並不表示就沒有敵人。

並不是所有官員都無欲無求，喜歡看到一個年輕宦官鋒芒畢露。

壬氏隨時保持著天女的微笑，一邊嫵媚地笑著，一邊挺直背脊，步向臺上。蓄著美髯的皇上移駕前往美麗嬪妃簇擁的寶座。

集中在壬氏身上的視線暗藏著種種心思。若是情慾還好，多的是利用之道；嫉妒也行，容易應付。無論是何種感情，只要知道對方在想什麼，多的是辦法去因應。

最讓他困擾的是——
壬氏看向在皇上左側候命的官員，那人有著胖乎乎的臉頰，一雙眼睛看不出在想什麼。
要說不善應付的話，或許是如此。
這個男人應該只把自己視為一個年輕宦官罷了。
眼神彷彿定睛注視，又彷彿只是在神遊太虛。
他面露著這種讓人摸不透的曖昧笑臉。
此人乃是目前後宮的嬪妃之一——樓蘭的親生父親，名叫子昌。這個男人受到先帝……
不，是受到其母女皇的寵愛，直到現在皇帝都得讓他三分。
是指不好的意思。
即使如此，壬氏依然保持笑容……
本來應該保持得住的。
壬氏將視線從子昌身上往右邊移動，就跟坐在皇上右側的男子對上了目光。
眼睛有如狐狸的單片眼鏡男子也不看場合，一個勁地吃著雞翅。儘管如此，本人似乎以為藏得很好，每咬一口就藏入袖內，然後時咬時藏。
眼下最棘手的人物就是此人，羅漢。
如果只是這樣還好，然而羅漢目不轉睛地盯著站在身旁的高官腦袋，突發奇想，悄悄摘起了他的冠帽。

冠帽底下不知怎地黏著一團黑毛，羅漢故意裝出驚訝的樣子。在能夠看見暴露在外的官員頭頂的對面位置，約有三名高官忍俊不禁。

真是殘忍。

那假髮明明做得很逼真。

看到羅漢那幼稚的動作，有人苦笑，有人傻眼，有人死命憋笑。

不只是壬氏保持不住表情。

然而，壬氏不能因此就哈哈大笑，他勉強維持住表情，在紅毯上跪了下去。

他將色彩繽紛的薔薇獻給皇帝後，皇帝撫著美髯，一臉心滿意足的神情點了個頭。

壬氏忍住不要大嘆一口氣，同時往後退下。

羅漢裝模作樣地探頭看看薔薇花瓶，這次偷吃起葡萄乾來了。

這傢伙怎麼這麼放肆都不會被怪罪？壬氏忍不住如此想。

○●○

「妳不可以再去水晶宮了喲。」

在離宴席稍有距離的涼亭裡，櫻花讓貓貓躺在自己的大腿上。

櫻花擔心貓貓，一直陪著她。

確定已有身孕的玉葉妃，此次宴席暫不出席。表面上是當成淑妃，也就是樓蘭妃的初次亮相場合，做個禮讓。

貓貓之所以會消瘦到讓櫻花擔心的程度，是有原因的。

看來貓貓每次只要去了水晶宮，就會過度操勞。

這一個多月來，貓貓又時常前往水晶宮了。

水晶宮的侍女還是一樣，看她的眼神就像碰到妖孽似的，但她不在意。

即使如此，貓貓為了製作青薔薇，非得來到水晶宮不可。這方面的計畫已經拜託過壬氏，取得了許可。

貓貓事先拜託壬氏安排的地點，就是水晶宮的蒸汽浴堂。

這是以前貓貓為了替梨花妃養病，請人加快工程打造的。

梨花妃仍然是位高貴人物，但聽說她二話不說就答應了。雖然貓貓是知道她其實為人慷慨，才敢請人商量的。

貓貓心想白白用人家的地方不好意思，於是說：

「這是皇帝陛下特別愛看的書。」

她將日前從青樓新訂來的書交給了妃子。因為皇帝吩咐她準備不同的書。

梨花妃看到書的內容，就優雅地挪步回自己房間去了。

貓貓還記得自己是冷靜旁觀，侍女則是竊竊私語著目送她的背影。

誰也想不到那種東西，竟然會進了高貴之人的袖子裡。

贏得宅邸主人的歡心後，再來要在庭院裡蓋間小屋，讓蒸汽浴堂的蒸氣飄入屋中。此間小屋構造奇妙，窗戶很大，天花板上也裝了大窗。雖然開銷大得嚇人，但反正是壬氏掏腰包，無所謂。不過話說回來，那人的俸祿究竟有多高？

接著將薔薇盆栽搬進小屋內。不是一盆，而是幾十盆……不，她搬進了超過一百盆。

貓貓在受到蒸氣加熱的空氣裡栽培著薔薇。她盡量讓薔薇照到陽光，在天氣晴朗的日子將盆栽搬到外面。

在降霜的寒冷日子，貓貓拿水灑在燒燙的石頭上，徹夜替小屋加熱。

因為需要動來動去，害她的腳傷好幾次差點裂開。由於被高順發現了，於是他為貓貓派來了別處的下女作監督。不知道是從哪裡得知的，來的人是小蘭。小蘭樂得可以偷懶又能拿到點心，就這麼被高順用食物釣來了。

貓貓之所以沒因為過度操勞而倒下，很可能得歸功於他的如此安排。

說到貓貓究竟想做什麼，其實是想讓薔薇弄錯季節。花卉會隨著季節綻放，但偶爾會因為不明原因而在其他季節開花。

換言之，貓貓是想引發不合季節的開花。

因此，貓貓不期望每個盆栽都能結蓓蕾，準備了大量盆栽。花也盡量挑選早開的品種，而且種類要多。

期限只有一個月，貓貓不敢確定能成功，但當她看到蓓蕾長出來時，真不知道有多高興。

比起為花朵染色，讓花結蓓蕾更讓她費心費力。

貓貓有請壬氏派幾名宦官過來，然而溫度調整等細微工程必須由她自己來。一個不小心讓薔薇全部枯死就完了。

有時不知道是覺得稀奇，還是越害怕越想看，水晶宮的宮女會在附近徘徊，貓貓嫌煩，便決定找其他事轉移她們的注意力。

貓貓考慮著要做什麼才好，注視著指尖時想到了個主意。

她將胭脂塗在指甲上，用布仔細抹平。

塗指甲在煙花巷是稀鬆平常的事，但在後宮內很少看到。當差時應該會礙事，然而平日就沒在做什麼事的侍女都顯得興致勃勃。

貓貓故意露出指甲讓她們看到，於是侍女都回私室去找自己的胭脂了。

（這下正好。）

貓貓興起了一點壞主意，試著將塗指甲的事也推薦給梨花妃。

後宮有所謂的流行趨勢，而站在時尚最尖端的，大多是皇帝寵愛的那些嬪妃。就算是下女，只要能為皇帝侍寢，就能被納為嬪妃。既然如此，大家會模仿皇帝喜愛的女子也不奇怪。

眼下如果要在後宮當中選出穿著最入時之人，恐怕會是樓蘭妃，但像她那樣頻繁改變穿搭，是不可能引領潮流的。

貓貓為了試毒而回到翡翠宮之際，也試著讓玉葉妃或侍女看了看她染的指甲。紅娘說這樣會影響做事效率，不過其他人都顯得興味盎然。

（如果有鳳仙花與酢漿草就好了。）

可以取別名指甲花的鳳仙花以及別名貓足的酢漿草，搗爛揉合後塗在指甲上。酢漿草能讓鳳仙花的紅色更加鮮豔。

當染指甲在後宮內宮女之間蔚為流行時，薔薇的蓓蕾變得飽滿，每個都露出一點白色的花瓣。

貓貓挑選的薔薇全是白薔薇。

「那花到底是怎麼弄的？」

在眾人面前展示薔薇後，壬氏回來後詢問。他眉頭緊皺。

身後待命的高順也興味盎然地看著。

由於壬氏他們說可以退下了，所以櫻花已經回去了。貓貓表面上是玉葉妃的貼身侍女，但僱用形態上仍是壬氏的隨侍。

「只是染了色而已。」

「染了色？花瓣上什麼都沒沾啊。」

壬氏以手指觸碰了一下花瓣說了。

「不是從外側，而是從內側染了色。」

貓貓抽出一枝薔薇。

然後，她將手指按在花莖切口上。青色薔薇的花莖上，沾有青色的液體。

她將白薔薇泡在染了色的水裡放著。

只是如此而已。

花莖將色素連同水一起吸起，替白色花瓣染色。

所以只要是薔薇會吸的水，什麼顏色都不成問題。

只是，葉片顏色會變得又黑又髒，因此在插花瓶之際，除了白花部分之外全拔掉了。

薔薇看似全部插在同個花瓶裡，其實每枝花莖的根部，都用染色的溼棉花包起來，以油紙固定，直到交納的前一刻都沒拆掉。

講起來著實單純。

畢竟用的是此種方法，也許會有一些人雞蛋裡挑骨頭。作為因應之道，前一晚，貓貓先跟臨幸翡翠宮的皇帝講明了箇中機關。任何人第一個知道祕密似乎都會覺得高興，無論有人說什麼，皇帝想必都會得意洋洋地主動解釋。

看來壬氏在聽皇帝說話前就已經退下了。

「換言之，以前各位看過青色薔薇，是因為有個閒人日復一日地讓薔薇吸青色的水。」

貓貓一邊看著薔薇園的方向一邊說。

「那人為何要這麼做？」

「小女子不知，也許是想弄個小東西討心儀的女子歡心吧。」

貓貓冷漠地說完，從胸前掏出一只細長的桐盒。跟裝冬蟲夏草的盒子很像，不過裡面是別的東西。這是她帶祕藏書籍過來時順便拿來的。

「真難得。」

壬氏湊過來看。

「妳染了指甲？」

「是，只是小女子染起來不好看。」

被藥物、毒物與洗刷工作弄得粗糙的手，左手小指的指甲歪扭成奇妙的形狀。即使染紅，形狀仍然歪扭。

現在這樣已經算不錯了。

由於壬氏好像覺得很有意思地直盯著瞧，貓貓又忍不住像平素那樣看著他了，就像看到浮在水面上的魚一樣。

（不好，不好。）

貓貓搖搖頭。如果連這點小事都要在意，今後會撐不住。

還有差事要做。

「高侍衛，小女子拜託您的東西……」

「是，照妳說的備妥了。」

「謝侍衛。」

舞臺已請人設置好了。

再來只要讓討厭鬼大吃一驚即可。

十九話　指甲花

好像故意挖苦人的各色薔薇成了宴席的注目焦點。

羅漢漫不經心地看著它。由於絲竹演奏的音樂實在讓人昏昏欲睡，他不知是何時拿了某人的冠帽，上頭還附了一團毛。

羅漢一頭霧水，將它放在旁邊桌上。

結果身旁的官員急忙將它戴回頭上。

羅漢感覺好像有人盯著自己瞧，但他不太明白是怎麼回事。總之他摘下單片眼鏡，用手巾擦擦表面，這次戴到了另一隻眼睛上。

薔薇擺放在宴席的中央位置。

那種刻意展現給人看的模樣，彷彿顯示了插花人的惡劣個性。

羅漢記得有這麼一場宴會。

薄絹披帛在飄舞，絲竹管絃樂音飄揚。

窮奢極侈的懷石料理供人享用，酒香四處瀰漫。

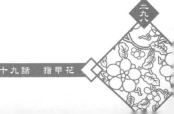

他從以前就記不得沒興趣的事。

羅漢記得有過這些東西，但沒有產生半點隨之而來的心情變化。

一回神才發現宴席已經結束，身穿黑色與青色衣裳的兩位嬪妃，分別獲得皇帝賞賜代表其顏色的薔薇。

兩人從周圍的聲音聽起來都是美女，但羅漢不太明白。

相貌的美醜與自己毫無關係。

話說回來，實在無聊。

沒來嗎？

真不知道自己是為了什麼而挑釁。

沒辦法，就照平素那樣捉弄另一個人吧，好歹讓自己出出氣。

往周圍一看，還有很多人留下來。

羅漢不擅長待在人群之中。

很多人的臉在他看來只像是圍棋的棋子。

羅漢能分辨男女，但男子看起來像黑棋，女子則像白棋。而且看起來就只像是畫上了**塗鴉人臉**。

就算是認識的軍府人員，頂多也就是變換為將棋的棋子罷了。

大多數人是小兵，就是步兵棋，隨著軍階上昇變成香車或桂馬。

軍師的職務很簡單，只要配合棋子做配置即可。適材適用，這樣就能打贏大多數的戰事。

這沒什麼難的，只要做這麼一件事，羅漢就盡到職責了。即使自己無能，只要把差事分配出去，旁人就會自動把事情做完。

羅漢認為理應如此。

擁有天女般笑靨的男子——就連大家都如此讚賞的美貌，他一樣認不出來。

不過，只要找一個帶著成銀的金將就行了。

他已經習慣用這種方式找人。

話說回來，今日比平素更傷眼。

大紅色彩映入眼簾，所有人指尖都沾了胭脂。

這麼說，宮女時下正在流行染指甲了？

在復甦的記憶當中，指甲不會染成那麼俗豔的紅。

那是淡淡染上的紅色。

是鳳仙花的赤紅。

就在懷念的娼妓名字不經意地浮現腦海時，他的視線前方出現了一個嬌小宮女。

那是個又瘦又小但個性強悍，有如酢漿草的姑娘。

空洞的眼睛朝向了這邊。

她一注意到羅漢的視線就轉過身去，像是在說「跟我來」。

在牡丹園的對面，一座小涼亭裡擺下了將棋盤。盤上放著桐盒，裡面躺著枯萎的薔薇，有如一具軀殼。

「可否請大人與小女子對弈？」

姑娘抓起將棋的棋子，語氣平板地問道。

她身旁站著金將與成銀。

豈有理由拒絕。

既然是寶貝女兒這樣拜託。

羅漢咧嘴笑了起來。

○●○

她到底想做什麼？

貓貓說過希望壬氏可以離開，但他不予理會，硬要待在這裡。貓貓雖然一副由衷厭煩的模樣，但她答應過只要壬氏不插嘴，她就不再多說什麼。

貓貓將軍師閣下請了過來，正在把將棋的棋子擺好。

她那臉上沒有感情二字，平日那種不愛理人的態度都還比較有人味。她有時會抓抓手背，不知是不是被蟲咬了。

「妳要先攻，還是後攻？」

從羅漢單片眼鏡底下的細眼，看得出來他是由衷感到高興。執著心那麼強，會高興是理所當然的。

「在那之前，可否先決定規則與賭注？」

貓貓提議。

「真是所見略同。」

壬氏從貓貓背後探頭看棋盤。

羅漢對壬氏露出詭異的微笑，但壬氏不甘示弱，回以四兩撥千斤的微笑。

對弈採用普通規則的五回戰，換言之，先贏三戰者為勝。

壬氏實在無法理解。軍師閣下的將棋本領無人能及，首先遊戲就選錯了。

貓貓究竟在想些什麼？

高順似乎也持同樣想法，眉頭皺得更緊了。

「妳想要什麼棋子？飛車還是角？」

羅漢說。

「都不用。」

對方特地說要讓子，貓貓卻不接受。壬氏覺得她應該老實接受才對。

「那麼如果我贏了，妳願意成為我的女兒吧？」

壬氏想對這項提議提出抗議，但高順在後面阻止了他。說好不能插嘴了。

「小女子仍是受僱之身，得等到期滿退宮才行。」

「受僱？」

狐狸般的眼睛盯著壬氏瞧。

壬氏必須一邊維持笑容，一邊壓抑住臉頰的抽搐。

「真的是受僱之身？」

羅漢做確認般地詢問。

「是的，文牘上是如此寫著的。」

正是如此，**貓貓**看到的文書是這麼寫的。

但是簽名的，其實是有如貓貓監護人的老鴇。看起來像是貓貓養父的男子拿起的筆被她搶去了。

「那就好。比起這個，妳要賭什麼？」

羅漢狐疑地說。

「那麼，我賭的是……」

貓貓如此說完後闔起了眼。

「可否請大人為綠青館的一位娼妓贖身？」

「……真沒想到妳會提這個。」

羅漢摸摸下巴。

貓貓一樣是面無表情。

「因為老鴇差不多想把上了年紀的娼妓請走了，我不說是誰就是。」

「來這招啊。」

羅漢露出有點傻眼的神情，然後咧嘴笑了。

「妳若要開出這種條件，我也只能接受，不過這樣就夠了嗎？」

貓貓冷眼看著羅漢。

「還有，可否准許小女子再加兩條規則？」

「無妨啊。」

「那麼……」

貓貓拿出了事前請高順準備的酒瓶。

她在五只酒杯裡注入等量的酒，從味道聞起來，是酒性強烈的蒸餾酒。

貓貓從袖子裡取出藥包，打開包藥紙，把粉末灑進杯裡。有三杯酒加了粉末，每種都是類似的藥粉。貓貓斜放酒杯，把它搖勻後，迅速替五只酒杯調換了位置，變得看不出哪杯是哪杯。

「每次分出勝負，就由勝者從這些酒杯中選出一杯，讓敗者喝下。不用全部喝掉，一口就夠了。」

不知為何，壬氏有種非常不祥的預感。

壬氏從貓貓身後走到她旁邊。

總覺得她原本面無表情的臉龐似乎有那麼點泛紅。臉頰線條鬆緩，顯得有些愉悅。

每次她露出這種神情都沒好事。

他很想問問方才加進去的粉末是什麼，但不能問。

壬氏真恨自己想問不能問。

「方才加進去的粉末是什麼？」

所幸羅漢代替壬氏問了。

「是藥粉，一點點的話不要緊。」

只是如果三杯都喝，就會變成劇毒了——她說。
瘋姑娘面帶微笑講出這種話來。
然後……
「無論有任何理由，只要放棄棋局就算輸。請將這兩條列入規則。」
貓貓一邊轉圈搖晃著下了藥的酒杯一邊說。
她的指尖染成了紅色，左手小指扭曲變形。
羅漢一直看著她的指尖。

壬氏只能覺得，這女子的想法真嗆辣。
雖說不要喝到三杯就沒事，但誰都不會沒事想去喝這個。
是為了動搖對手的心志嗎？
的確，一般人可能會畏縮。
但對手是人稱奇人的軍師閣下，壬氏不認為這點動搖手段能打亂他的心緒。
果不其然，貓貓已經連敗兩局。
壬氏原本以為她也許略懂一二，看來只是知道規則，卻毫無實戰經驗。
她已經把兩杯酒喝得一滴不剩了，而且喝得津津有味。

她到底在想什麼？壬氏心想。
第三戰雖然才剛開始，但結果已經明擺在眼前。
壬氏思考著假如她喝下第三杯酒，中毒的可能性有多少。
起初選中毒酒的機率是五分之三，接著四杯裡有兩杯含有毒藥，最後是三杯中的一杯。
換言之貓貓有十分之一的可能性會服下劇毒。
老實講，最可怕的是他覺得貓貓就算中毒好像也不會有事。
不過不知道羅漢對這點知道多少就是了。
就在壬氏與高順互看一眼，打算考慮貓貓賭輸之後該怎麼辦時……
「王手。」
他聽見了聲音。
不是羅漢，而是貓貓的聲音。
壬氏與高順面面相覷，看看棋局，發現王將就要被金將吃掉了。
雖然棋步走得極其笨拙，但王將的確已無路可走。
「我認輸。」
羅漢舉雙手投降。
「即使是讓我的，贏了就是贏了，可以吧？」

貓貓確認般地說。

「是啊，畢竟再怎麼說，我也不能讓女兒喝毒藥嘛。」

貓貓喝下方才那兩杯酒，表情並沒有任何改變，看不出來喝下去的酒有沒有下藥。

羅漢面露戲謔的笑容，望著面無表情的女兒。

「方才的藥可有味道？」

「每種都很鹹，喝一口就會知道味道不同。」

「那我明白了，妳要選哪杯給我？」

「請軍師任選。」

原來如此，羅漢可以輸兩回，只要其中一杯是鹹的，就能確定貓貓不會受害。機率雖然相同，但絕不會出錯。

果然是個精明的男子。

羅漢拿起中間的酒杯喝一口。

「好鹹。」

壬氏垂頭喪氣。

這下，下一場棋局貓貓就贏不了了。

正當壬氏考慮著接下來該怎麼辦時——

「而且，好熱啊。」

羅漢這話讓他抬起臉一看，只見羅漢滿臉通紅，頭部輕輕搖晃著。

然後，他逐漸變得面無血色，最後臉色發青，無力地倒了下去。

高順跑過去把羅漢扶起來。

「我問妳，這是怎麼回事？不是說只喝一杯藥酒不會有事嗎？」

就算再怎麼恨，哪有人真的下毒的？壬氏口氣嚴厲地責備道。

「是呀，是藥沒錯。」

貓貓一副由衷嫌麻煩的樣子說。她拿起放在一旁的水瓶，來到羅漢與高順的身邊。

她強行撐開羅漢的眼皮，確認他沒有陷入昏迷狀態後，直接把水瓶塞到他嘴裡，把水咕咚咕咚地灌下去，動作十分粗魯。

「壬總管。」

高順一臉困惑地看著。

「軍師似乎只是醉了。」

「都說酒為百藥之長嘛。」

然後為了讓它較好吸收，加了一點鹽跟砂糖混合而成的粉末進去。她說。

貓貓提不起勁地照料羅漢，就像是應付性做做而已。

畢竟是個藥師，似乎看到病人就不能不照顧。

「他這人不會喝酒。」

聽到貓貓這句話，壬氏才終於弄懂了她的目的。他這才想到，羅漢平素都是喝果子露，從沒見過他喝酒。

「好了。」

貓貓一邊抓頭，一邊看著壬氏。

「那就早早將這個男的抬出去，讓他挑選青樓的百花吧。」

聽貓貓講得淡定自若，壬氏只能回一聲「好」。

二十話　鳳仙花與酢漿草

老舊的記憶重回腦海。

在無數的黑白光景中，只有那裡總是染上了淡紅。在自己那比起他人更不清晰的視界中，只有那裡鮮明地閃耀光彩。

拈起圍棋或將棋棋子的指尖，與染紅的指甲相映成趣。

她那不拖泥帶水，從不受局勢所迷惑的棋步，讓所有人無不舉雙手投降。看似無趣地看著他的傲岸女子，是個名為鳳仙的娼妓。

他有時會為了交際應酬去青樓，但老實講，他毫無興趣。他不會喝酒，對二胡或樂舞也都不感興趣。不管穿著打扮得多美，看在自己眼裡都只是塗白的圍棋棋子。

從以前就是如此。

他不會分辨人臉，現在已經算好多了。

以前不但認錯親娘與奶娘，連男女都分不出來。

父親認為此子無能，變得成天在年輕情婦那兒流連忘返。

母親看到丈夫不願陪伴連自己長相都分辨不出來的兒子，把關心都放在情婦身上，於是想方設法，想討回丈夫的歡心。

就這樣，他雖生為名門長子，但幸運地得以活得奔放自在。

他沉迷於學藝習得的圍棋與將棋，聽人說些街談巷議，有時還耍點惡作劇。

他在宮廷讓青色薔薇開花，也是聽了叔父的說法才會想試一試。

只有活得笨拙但能力優秀的叔父了解自己。

叔父教他認人時不用看臉，可以從嗓音、舉止或體格去記。他將身邊的人比作將棋的棋子，結果非常好懂。不久他開始將不感興趣的人看成圍棋棋子，慢慢熟識的人看起來則像是將棋棋子。

當他將叔父看成龍王棋時，他重新體認到叔父果然是位俊材。

他沒想到原本當成遊戲的圍棋或將棋，能用來發揮自己的才華。

幸運的是多虧家世顯赫，讓他明明沒有武藝，卻突然就受任成了主官。即使自己能力差，只要能讓部下各盡其才就綽綽有餘。用人當棋子下將棋，必定比什麼遊戲都還要好玩。

就在他於遊戲與軍務雙雙樹立著不敗紀錄時，他受到一名壞心眼的同僚推薦，與傳聞中的一位娼妓對弈。一方是在青樓無人能及的鳳仙，一方是在軍府無人能及的自己。

無論哪邊落敗，觀眾都會看得高興。

終究是井底之蛙。

彷彿狠狠給抱持此種想法的自己一巴掌，鳳仙戰勝了他。雖說自己執白棋，是後攻，但雙方陣地差距卻是壓倒性的。優雅地塗紅的指甲，漂亮地重挫了對手的銳氣。

自己不知道有多久沒輸棋了，與其說是懊惱，那種毫不留情的進攻手法反倒讓他大呼痛快。她一定是氣他瞧不起自己吧，從她一語不發，連一舉一動都顯得冷淡的樣子就看得出來。

他忍不住捧腹大笑，旁人見狀都吵鬧起來，以為他瘋了。

他笑中帶淚地看看毫不留情的娼妓的臉龐，發現不是平素的白棋，而是一臉不悅的女子容顏。人如其名，她有著一雙有如鳳仙花般一碰種子就要爆開，不讓人親近的眼睛。

原來人是有著這樣的容顏？

在那個瞬間，他初次體會到這件理所當然的事。

鳳仙對身旁待命的見習小丫頭耳語幾句，女童啪噠啪噠地跑開，去拿了將棋盤過來。

初次見面連聲音都不讓人聽的高傲娼妓，沉默無語地提議再下一盤。

這次我可不會輸。

他捲起袖子，將棋子擺在棋盤上。

名喚鳳仙的女子，是個一身只有娼妓傲骨的女子。可能因為她是在青樓出生的，她說過她沒有母親，只有生下自己的女子。在煙花巷，娼妓當不了母親，所以她才會用此種說法。

兩人只是反覆下圍棋與將棋，這樣的幽會不知持續了幾年。

然而，相會的次數愈來愈少了。

才華出眾的娼妓，在受歡迎到了某種程度後，會開始藏而不賣。

鳳仙也是其中之一。

她冰雪聰明但嚴厲過度的待客方式，雖然不是任誰都能接受，但似乎受到部分好事家的歡迎。

真是什麼樣的喜好都有。

價碼也水漲船高，三個月能見一次面已很勉強。

他難得有機會去青樓，發現鳳仙依然一副不愛理人的面容，正在染指甲。

托盤上放著鳳仙花的紅花與小草。

他問這是何物，「此乃貓足。」鳳仙答道。據說這種植物還可作為生藥，能夠用來解毒或治療蟲咬。

有趣的是，它跟鳳仙花一樣，成熟果實一碰就會爆出種子。

就在他拈起黃色花朵看看，心想下次可以碰碰看時……

「大人下次何時會來？」

鳳仙開口。

每次只願意說千篇一律的攬客詞句的女子，難得會說這種話。

「我三個月後再來。」

「我明白了。」

鳳仙讓見習小丫頭把指甲染料收走，開始擺起將棋的棋子。

他就是在那段時期聽說了鳳仙的贖身之事。

與其說是娼妓的身價，不如說那人只是故意與競爭對手作對，才開出更高的價碼。

自己雖然作為武官飛黃騰達，但繼承人的地位被異母弟弟奪走，實在付不出那種金額。

該如何是好？

忽然間，一件壞事閃過腦海，不過他即刻打消這種念頭。

那是萬萬不可做的一件事。

隔了三個月再來青樓，鳳仙坐在圍棋與將棋的兩個棋盤前。

她開口第一句話就說：

「偶爾來賭一場如何？」

如果你贏了，你要什麼我都給你。

如果我贏了，我要什麼你都得給。

「棋盤任由大人挑選。」

他在將棋上較有優勢。

但他卻坐到了圍棋的棋盤前。

鳳仙說想專心對弈，便讓身旁的小丫頭退下了。

後來還分不出誰贏，一回神時兩人的手已交疊在一起。

鳳仙沒有半句情話，自己也不善於甜言蜜語，就某種意味而言，算是同類。

只是，鳳仙在臂彎中喃喃說了：「我想下圍棋。」

他也一樣，很想下將棋。

然而後來似乎造化弄人。

與他感情深厚的叔父遭到罷黜了。那人還是一樣活得笨拙。

父親罵他丟盡家族的臉。

雖然沒有殃及家族，但父親似乎討厭他受到叔父影響，命他去地方遊說，短期內不許回來。

其實可以充耳不聞，但日後可能會引來麻煩。

身任武官的親爹，既是父親也是上司。

他只能勉強寄封信給青樓，說自己大約半年就會回來。

那時他已經收到信，聽說贖身之事告吹了。

他以為暫時不會有問題。

萬萬沒想到竟然花上了三年才能回來。

回到家中，在他那堆滿灰塵的房間裡，隨便擱著一大疊的書信。

綁在信上的枝椏已經枯死，讓人感覺到歲月如梭。

其中有一封信不知為何留下了拆封過的痕跡，他看了看，裡面寫著千篇一律的固定文章。然而在文章的角落，沾著暗紅色的汙漬。

他看看放在旁邊，半開著口的束口荷包。上面同樣沾著暗紅色的汙漬。

打開一看，裡面有兩塊用骯髒的紙張包住，看不太出來是小樹枝還是土塊的東西。其中一塊非常小，好像一捏就要爛了。

他檢查了一下小樹枝前面附著什麼東西，才終於弄明白它是什麼。

他花了太久的時間，才察覺這就是長在自己手上的那十根東西。

聽說時下流行一種詛咒，稱為斷指。

他將兩根小樹枝重新包好，放進荷包收進懷裡，然後快馬前往煙花巷。

明顯比以前破敗的熟悉青樓，只剩一堆圍棋棋子。那個宛如鳳仙花的女子不在，他從聲音聽出拿掃把打自己的人是老鴇。

鳳仙已經不在了。老太婆只說了這一句。

被兩大青樓斷絕來往，讓店家名聲掃地，信用跌入谷底的娼妓，除了像暗娼一樣接客之外無路可走。

難道他不知道這種女人會步上何種末路嗎？

隨便想想就會知道，然而滿腦子只有圍棋與將棋的自己沒能想到這個答案。

他只能趴在地上，在眾目睽睽之下放聲號哭，但一切都太遲了。

全都怪自己思慮不周。

羅漢扶著還在抽痛的頭，從床鋪上撐起身體。

他有看過這個房間，雖然華美但不會過度奢華，而且滿室芬芳。

羅漢聽見了柔和的嗓音。一張白棋般的臉龐出現在羅漢面前，他聽聲音認出了是誰。

「大人醒了？」

「梅梅，我怎麼會在這裡？」

他向綠青館的一名娼妓問道，她以前是鳳仙身邊的小丫頭。

羅漢想起那時候原本待在鳳仙身邊，後來退下的女童應該就是梅梅。她偶爾會用笨拙的動作擺圍棋，所以羅漢陪她玩過。每當羅漢稱讚她有天分時，她總是忸忸怩怩的。

「是某位貴人派來的人將您留在這兒的。話說回來，您的臉色真是嚇人，不知該說是紅的還是青的。」

在綠青館願意好好接待自己的只有這位娼妓，羅漢每次來都被帶到梅梅的房間。

「我也沒想到會變成這樣啊。」

因為女兒喝得爽快，他還以為不是很烈的酒。

羅漢不懂酒的種類。

才喝一口，喉嚨就燙到好像要燒起來了。

由於身旁有個水瓶，他沒用杯子，直接拿了就喝。

嗆喉嚨的苦味在嘴裡擴散，使他忍不住吐了出來。

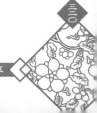

「這……這是什麼啊！」

「好像是貓貓調配的喲。」

梅梅用袖子遮著嘴，可能是在笑。

這應該是宿醉藥，但這樣做讓人彷彿感覺到一絲惡意。即使如此，羅漢仍然不禁笑逐顏開，這樣很奇怪嗎？

水瓶旁邊有個桐盒。

「這是……」

過去，做為惡作劇的戰利品，他曾經將此物附上一封信寄來。打開一看，裡頭放了一朵乾燥的薔薇。

他不知道花朵即使枯萎了，還能這樣保持形貌。

羅漢想起有如酢漿草——貓足一般的女兒。

在那之後，羅漢好幾次來敲綠青館的門戶，每次都被老鴇痛打一頓。

她用掃把毆打羅漢，說這裡沒有什麼嬰兒，叫他快滾。真是個可怕的老太婆。

就在羅漢側頭部流著血，懶洋洋地坐在地上時，看見身邊有個小孩子在拔某種植物。

長在建物牆邊的草開著黃花，他有看過這種植物。

羅漢問問小孩子在做什麼，她回答要作藥。

平時看起來應該只像圍棋棋子的臉，不知怎地看得出是張不愛理人的臉。

小孩子兩手抓著草跑走了，在她跑過去的方向，有個走路像老人般蹣跚的人。平時看起來只像圍棋棋子的臉龐，看起來卻像將棋的棋子。而且不是步兵或桂馬，而是強子，站在那裡的是龍王棋。

羅漢知道是誰打開那唯一一封拆過的信，那個
麝荷包了。

在遭人逐出後宮後，下落不明的叔父羅門就在那裡。

手拿貓足，像小雞一樣跟在他後面的小孩子，被他喚作「貓貓」。

羅漢從懷裡掏出麝荷包。由於總是帶在身上，因此破舊了不少。

裡面應該有兩根小樹枝般的東西用紙包著。

貓貓下棋的動作很不靈活，不習慣下將棋自然是原因之一，但另一個原因是她用左手下棋。

看看她染紅的指甲，會發現只有小指是扭曲變形的。

遭她怨恨也無可奈何。

自己的所作所為該遭怨恨。

即使如此，他仍希望將她留在身邊。

他已經厭煩了日復一日被圍棋與將棋棋子圍繞的生活了。

為此，他增強了力量。他從父親手上奪走當家地位，驅逐異母弟弟，拉攏姪子收為養子。

他與老鴇一再交涉，花了十年付完相當於賠償金的兩倍金銀。

大概是在那段時期吧，他總算獲准進入房間。自然而然地，這個職責由梅梅接了下來。可能是從前他教過她將棋排局，讓她於心不忍。

羅漢想跟留下的女兒在一起，一直以來的努力，只為了實現這個心願。

然而很遺憾地，羅漢不擅長解讀人的感情，一直以來做出的行動總是適得其反。

羅漢將荷包收回懷裡。

這次就放棄吧，就這一次。

不過，就算被人說成死纏爛打，他絕不會徹底死心。

而且最重要的是，待在女兒身邊的那個男人讓他很不喜歡。

會不會靠太近了?此人在對弈中，把手放在女兒的肩膀上足足三次。雖然每次都被甩開，看了大快人心就是。

好了，要做什麼來洩憤呢？

羅漢拿起水瓶，一邊把嗆喉嚨的藥喝光一邊思考。

不管有多難喝，都是女兒親手作的。

暫時就先想想如何拍掉花朵上的蟲子吧。

羅漢正在想著這些時，砰的一聲，傳來了門扉大開的聲響。

「你總算醒啦？」

一枚啞嗓子的圍棋棋子來了，從聲音聽得出是老鴇。

「好啦，既然說要為我家的娼妓贖身，應該知道不是一兩千銀子買得起的吧？」

還是一樣是個守財奴。羅漢一邊按住抽痛的頭一邊面露苦笑。他把戴好看的單片眼鏡戴到右眼上。

「一萬不夠的話，要兩萬還是三萬都成。不過十萬就有點難了。」

羅漢心裡嘆氣。這個數字即使對羅漢這種身分的人來說，仍不是個便宜價碼。暫且只能向從事各種副業的姪子死乞百賴地要錢了。

「是嗎？那就快點過來，我讓你挑你喜歡的。」

羅漢照老鴇說的，前往青樓的大廳一看，只見遍身綺羅的圍棋棋子聚集著排排站，梅梅悄悄夾雜在其中。

「哦，三姬也加入沒關係嗎？」

「我說過讓你挑你喜歡的了，不過挑得好當然收得多。」

對於羅漢的詢問，老太婆呸了一聲，唾棄般地回答。

子。

雖然人家要羅漢挑，但他卻傷透腦筋。無論如何盛裝打扮，看在羅漢眼裡就只是圍棋棋子。

他聽見女子的笑聲，嗅到芬芳的香氣。各色衣裳炫目耀眼。

但也就如此而已。

不過如此罷了。

沒人能打動羅漢的心。

然而既然叫他挑，他也只能挑了，買下來以後多的是辦法。養個姑娘的錢應該還有，如果她不喜歡，可以給她錢隨她高興。這樣應該就行了。

既然這樣，羅漢走向梅梅那邊。

梅梅會顧慮羅漢，想必是出於罪惡感。若不是那時候離席，事情也許不致於如此。

羅漢心想，對她做點回報也是應該的。

「羅漢大人。」

這時，梅梅輕聲笑了起來。

「我也是有身為娼妓的尊嚴的，大人若是希望，我也沒有任何猶疑。」

說完，她輕快挪步走向窗邊，然後打開了面向中庭的大窗。窗帘隨風擺動，花瓣飄進了屋內。

「但大人要選，就請好好挑選。」

「梅梅，不准擅自開窗！」

老鴇怒吼著想關上窗戶，然而——

無意間，羅漢聽見了某個聲音。

不是娼妓的笑聲，他聽見了有些稚拙，天真無邪的童謠。

羅漢睜大雙眼。

「你怎麼了？」

老鴇納悶地叫道。

羅漢從花窗往外看了看。

歌聲斷斷續續地傳來。

「你在幹什麼啊！」

老太婆神情慌張地想抓住羅漢的手。

但太遲了。

羅漢從窗戶一躍而出，然後蹬地跑了出去，一心只往歌聲的方向跑。

他從未像今日這樣後悔平常沒運動。他一邊雙腳打結，一邊只是一個勁兒的跑。

羅漢造訪過青樓好幾次，但沒去過那個地方。他來到一處遠離正屋，像個小倉庫的屋子。

歌聲是從這裡傳出來的。

羅漢按住狂亂的心臟，打開門，獨特的藥味飄了過來。

那裡有個消瘦的女子，留著沒有光澤的長髮，枯枝般的手放在胸部上面。是個散發出疾病氣味的女子。

她的左手無名指歪扭地缺了一塊。

羅漢茫然若失。

忽然間，他發現有某種東西滑過臉頰。

「你在幹什麼啊！那裡是病人的房間。」

老鴇急忙跑了進來，抓住羅漢的手想把他趕出房間。

羅漢動也不動，注視著那邊那個消瘦的女病人。

「快給我出來，趕快到那邊去挑個娼妓就是了。」

「說得對，得挑一個才行。」

羅漢任由淚滴溢出滑落，慢慢跪了下去。女子似乎沒注意到羅漢，只是笑著唱童謠。

她沒有自尊自大的態度，也沒有把人當傻瓜的眼神。在那裡的是變回天真孩童的女子。

就是個骨瘦如柴的女病人，明明是這樣，看在羅漢眼裡卻比任何一名女子都要更美。

「老太婆，就這個女子吧。」

「少說傻話了，趕快回屋裡選一個就是了。」

「是老太婆妳說誰都可以的，這名女子應該也是娼妓才對。」

羅漢對老鴇說完後，輕輕在懷裡摸了摸，拿出一只沉甸甸的袋子，然後放到女子的掌心裡。女子對放著的袋子似乎有了興趣，動作笨拙地把袋子裡的東西拿出來。顫抖的指尖，拈著圍棋的棋子。

女子的容顏彷彿一瞬間起了紅暈，不知是不是他多想了。

羅漢微微一笑。

「我要為這個娼妓贖身，多少錢我都出，十萬還是二十萬都付。」

聽羅漢堅決地說，老太婆也不再多說什麼了。

梅梅站在老太婆的背後。她拖著衣裳走進屋內，在患病女子的面前坐了下來，執起女子乾瘦的手。

「大姊，妳若是從一開始就誠實面對自己的感情該有多好，為什麼就不能早點……」

梅梅似乎在哭泣，聽得見嗚咽聲。

「若能在我抱持期待之前就結束該有多好……」

羅漢不明白梅梅為何這樣痛哭。

羅漢只是注視著開心地看著圍棋棋子的女子。

注視著美如鳳仙花的女子——

○●○

（累死我了。）

貓貓重新體會到，陪伴自己不習慣應付的人實在很累。

她將那個爛醉如泥的狐狸眼男子送到假寐房後，搖搖晃晃地走在歸途上。

壬氏與高順由於另有要事，貓貓從半路開始是跟其他官員同行。就是前日為了魚膾一事，陪貓貓一起調查的官員。

名字似乎叫作馬閃，貓貓已經見過他好幾次，好不容易才記了起來。

這名男子雖然不愛理人但做事確實，讓貓貓感覺很輕鬆。因為既然對方無意談話，貓貓也不用勉強配合說話。

再次見到那個男人，讓貓貓覺得世上果然有些人八字不合，無論如何就是處不來。

就算對方沒有惡意也一樣。

貓貓搖搖晃晃地走著走著，就看到一個華美絢麗的行列。身穿豔麗服飾的樓蘭妃讓宮女撐著大傘，待在行列的中心位置。

「……」

貓貓聽到身旁有人嘖了一聲，只見馬閃半睜著眼瞪視著那個行列，似乎顯得不大愉快。她看著馬閃，正在想他是怎麼了，就發現更遠處站著個胖嘟嘟的官員。官員讓兩側跟隨著看似副手的男子，身後另外還跟著幾人。

樓蘭妃看到胖嘟嘟的男子，就用團扇掩著嘴親密地開始跟他說話。

周圍明明有侍女在，那樣親密地跟男子講話好嗎？她原本是這麼想的……

「一對陰險的父女。」

貓貓聽到恨入心髓的低語，便恍然大悟了。原來那就是硬把樓蘭妃送進後宮的父親。聽說他是自先帝時代以來的重臣，對於當今重視實力的皇帝而言有如眼中釘。

話說回來，貓貓看看馬閃。

雖說的確只有貓貓站在聽得見的位置，但還是希望他別開口講高官的壞話。假如被誰聽見，說不定會認為是跟貓貓談話時提到的。

（還太年輕氣盛了。）

貓貓看著年歲與自己相差無幾的青年，如此心想。

貓貓今夜不回後宮，直接前往壬氏的樓房。

「我還以為妳對他懷恨在心呢。」

先回到住處的壬氏在等她。

壬氏雙臂抱胸，謹慎地開口。

貓貓正在喝水蓮準備的粥。雖然邊吃邊說話有失禮數，不過取回在水晶宮失去的營養才是當務之急。看到貓貓一陣子不見變得又瘦又乾，水蓮不只煮粥，還在繼續準備其他菜餚。

這兒也跟翡翠宮一樣，侍女不會對差事設限。

「小女子沒有恨他，畢竟是因為他一發就中，小女子才能夠生而為人。」

「一發……」

壬氏一臉傻眼地看著貓貓，怪她怎麼講話這麼直。

（怪我也沒用。）

事實如此，沒辦法。

「小女子不知總管做了何種想像，但若是沒跟娼妓取得共識，是懷不了孩子的。」

所有娼妓都長期服用避孕藥或墮胎劑。就算還是懷上了，在初期階段多的是方法打掉。

會生下孩子，是因為本人有那意願。

「我想中計的反而是他。」

女子只要解讀經血的週期，就能大致預測出容易受孕的時日等等。
娼妓的話，只需寄信請對方將來訪時間改到適合的時日就成了。
「妳說軍師閣下嗎？」
壬氏邊吃水蓮端來的點心邊說。
「女人是狡猾的生物。」
因此當詭計落空時，恐怕會氣到發狂。
瘋狂到不惜傷害自己，更有甚者——
日前，貓貓作了個夢。
那是真實發生過的事。
生下貓貓的娼妓用自己的手指還不滿足，連嬰兒的小指都附在信裡送了出去。
青樓裡的人，從不對貓貓提起生下她的娼妓。貓貓當然知道是老鴇封的口。
可是這種事，會從周圍的氣氛與一點好奇心慢慢穿幫。
貓貓得知綠青館險些倒閉，原因出在自己身上。
得知一個喜歡下圍棋與將棋的奇人異士是自己的父親。
得知錯在恣意妄為的娼妓身上。
然後，她也得知長久以來大家說已經不在了的娼妓是什麼人。

得知恥於失去鼻子，一直疏遠貓貓直到精神失常的女子是什麼人。

那個蠢到沒藥救的男子，值得配上比那種女人更好的娼妓。早早為那名娼妓贖身就是了，若是這樣做該有多好。

「壬總管，那個男人除了在書房之外，應該從未跟總管主動講過話吧？」

貓貓的問題讓壬氏偏了偏頭。

「經妳這麼一說，似乎是如此。」

壬氏說在迴廊上與羅漢擦身而過時，對方永遠只是簡單點個頭。羅漢只有賴在書房不走時，才會每次都死纏爛打地找他說話。

「偶爾有些人無法辨認人的長相，那個男人就是如此。」

貓貓說起阿爹告訴她的事。老實講，貓貓本來半信半疑，不相信真的有這種毛病，然而聽到那個男人就有這種問題，讓她覺得可以理解。

「認不出人臉？怎麼回事？」

「是，不知為何好像就是認不出來。據說他明明知道眼睛或嘴巴等每個部位的形狀，卻無法整合辨識，所有人看起來全是同一張臉。」

阿爹曾經感慨萬千地說過，他也是個可憐人。

說他因為這個毛病而一直受苦到現在。

即使如此，阿爹也有阿爹的想法，從不阻止老鴇用掃把打那個男人，將他攆出去。因為他知道做了壞事就是做了壞事。

「不知為何，他似乎只能清楚認出小女子與養父，那種奇怪的執著似乎也是起自這個原因。」

某天一個奇怪男子突然現身，二話不說就想把她帶走。

看到男子被老鴇出面用掃把打得頭破血流，兒時的她嚇到了。

假如有個人血流滿面還滿臉堆笑，把微微顫抖的手伸過來，誰都會害怕。

後來由於那人一再上門，做些意外行徑然後頭破血流地回去，慢慢讓貓貓養成了碰到一點小事不會驚慌的個性。

那人聲稱自己是貓貓的爹，但對貓貓而言阿爹才是爹，那個怪人不是爹。從扮演的角色來想，至多不過是頭種馬。

他想把阿爹羅門推到一邊，自己來當父親。

那是絕不能夠發生，貓貓絕對無法讓步的一點。

在青樓裡聽到的，都是生下貓貓的女子遭到無妄之災已經不在了。就算還活著也與貓貓無關，貓貓已經是阿爹羅門的女兒，她認為這是無上的幸福。

錯不全在那個男人身上。

就這點而論，她反而很感謝那個男人。

最重要的是，貓貓對生下自己的女子沒有半點親娘的記憶，只有可怖潑婦的記憶。

貓貓討厭他，但不恨他。

這是貓貓對羅漢的感情。

只是由於以往貓貓只有不善應付的事物，從沒有過討厭什麼的感情，因此應對方式多少有點過火。

假如要問原諒不原諒，有人比貓貓更怨恨他。

（嬤嬤也差不多該原諒他了吧。）

那個男人不知注意到薔薇盒子裡的信了沒有？那是貓貓對種馬能做出的最大讓步。不明白就算了，他可以為好性情的娼妓小姐贖身，那樣想必更幸福。

「妳雖這麼說，但我覺得妳明顯討厭他啊？」

「壬總管還不夠了解那個男人呢。」

當貓貓試圖趕往中祀會場時，是羅漢出手幫了她。貓貓猜測他很可能早已感覺出將有事情發生。相對於貓貓是蒐集現場遺留的狀況或證據推測情形，那個男人不會慢吞吞地做那種事。他是用直覺判斷其中似乎有蹊蹺，而且料事如神。

「總管是否有在那個男人的嗾使下，調查過一些事？」

對於貓貓的詢問，壬氏陷入沉默。看他喃喃說了句：「原來那件事是……」看來她想得沒錯。李白之所以及早針對翠苓進行調查，以及刑部迅速展開行動，或許都是那個男人的所作所為。

只是，那個男人很怕麻煩，會讓旁人去做事，自己卻不肯動。假如他本人公開展開行動，現在不知道怎麼樣了。

（此刻，反魂的妙藥……）

搞不好已經在自己手裡了，這讓貓貓懊悔不已。

那個男人不明白自己擁有多麼得天獨厚的才華。受到阿爹盛讚的才能，找遍全國都不見得能找到幾人。貓貓知道這種感情稱為嫉妒。

「雖然無法站在同一陣線，但最好還是別與他為敵。」

貓貓不屑地只說了這一句。再說——

貓貓舉起左手，看著自己小指的指尖。

「壬總管是否知曉？」

「知曉什麼？」

「指尖這個部位即使切掉，還是會再長出來的。」

「……這是吃飯時該講的話題嗎？」

壬氏難得半睜著眼瞪貓貓，跟平素的立場相反。

「那麼，容小女子再問一個問題。」

「什麼問題？」

「假如那個單片眼睛跟總管說『叫我爹爹』，總管做何感想？」

壬氏一時僵住，罕見地露出明顯的不快神情。「哎呀哎呀。」水蓮以手掩口看著他。

「會想打破那個眼鏡。」

「是了。」

壬氏似乎弄懂了貓貓想說什麼，喃喃說道：「作爹的真辛苦。」

身旁待命的高順，不知為何散發出一股哀愁。

是不是遇到過什麼事？

「侍衛是怎麼了？」

貓貓一問，高順仰頭望向了天花板。

「不，只是希望妳知道，世上沒有一個父親是喜歡被討厭的。」

他感觸良深地說。

（怎麼搞的？）

總之貓貓先把調羹送到嘴邊，把剩下的粥吃完再說。

終話

回到後宮過了數日。

貓貓收到了梅梅寄來的信與包裹。

信上寫到誰得到了誰的贖身。不知是否被雨淋過，信紙有幾處被弄溼，文字暈開了。

放在小箱籠裡的包裹，包括了一條美麗的披帛。是娼妓在祝賀筵席上使用的東西。

貓貓本來要直接把箱籠蓋起來，但改變了想法。她打開窄小私室裡的衣箱，決定翻出收在最底層的東西。

遠遠可以看到煙花巷燈火通明，貓貓覺得場面比平時更加盛大華麗。

從後宮的外牆看去，煙花巷熠熠閃亮。

在那裡想必有著鈴聲叮噹作響，穿戴披帛的娼妓婆娑起舞。她們身穿燦爛奪目的服飾，揮舞披帛，撒下漫天花朵。

當煙花巷的好花成為某人專屬的花兒時，其餘百花會跳舞歡送。贖身是一場慶典，好酒好菜端上桌，眾人高歌，眾人起舞。

宴會不分晝夜，煙花巷是無人能睡的不夜城。

貓貓將白天收到的披帛掛在肩上，以指尖拈起披帛。

雖然左腳受傷還不能正常走動，但應該不要緊。貓貓脫下上衣，為嘴唇輕巧地描上一抹紅。這是梅梅給她的胭脂。

（簡直像是開玩笑。）

貓貓想起去年賞賜給官員的芙蓉公主。此時她或許跟青梅竹馬的武官在一起，忘了待在後宮時的事。也或許她會偶爾想起，她曾經每晚在這兒跳舞。

然後，貓貓做出了跟當時的芙蓉公主同樣的事。她穿起小姐們要她帶上的唯一一件華服，回想起留在記憶角落的第一個舞步。嘴上塗了梅梅小姐送她的胭脂，衣袖附有鈴鐺吊飾，隨著動作釘鈴鐺鋃地作響。

長長的衣裙縫上了好幾顆小石子，每當貓貓輕快地轉圈，裙襬就會擴展成一個圓。她用衣裙畫圈，用披帛描弧。展開的衣袖破風飛揚。

平素綰起的頭髮不綁，取而代之地在耳際簪上一朵薔薇。一朵染成青色的小薔薇。

披帛婆娑，裙裳盤旋，兩袖翩翩，髮絲飄搖。

（想不到記得還滿清楚的。）

心不甘情不願地被老太婆逼著學的舞蹈，意外地深刻留在貓貓的腦海裡。

就在她舞弄著披帛時……

「……」

「……」

貓貓與某個不太好的人對上了目光，然後踩到了裙襬。

她笨頭笨腦地臉孔朝下跌個大跤，按著臉打滾時立足點不見了。她差點沒掉到外牆之外，好不容易才抓住牆壁，讓人把她拉上去。

「妳……妳在做什麼？」

意外的來訪者喘著大氣說，束在後腦杓的頭髮亂糟糟的。

「小女子正想問呢，壬總管。」

貓貓一邊拍拍僅有的華服一邊說。

「總管怎麼會在這裡？」

「……」

壬氏一臉傻眼地看她。

而且把貓貓拉起來之後，還握著她的手腕沒放。

「既然獲報又有個奇怪女子爬上牆壁，我當然只能處理了。」

（還以為神不知鬼不覺呢。）
現在想想，會穿幫是當然的。
不過話說回來，衛兵不至於還在相信鬼魂的謠言吧？
「別給我添麻煩了。」
壬氏把手放到貓貓的頭上。
「不用特地讓壬總管跑一趟，讓其他大人過來不就得了？」
貓貓悄悄動了動頭，閃過他的手。
「是親切的衛兵認得妳的長相，來向我請示。」
貓貓一掌輕拍在自己的臉上。
「記住了，即使妳以為妳行事低調，旁人卻不是這麼想的。」
「遵命。」
貓貓搔一搔臉，覺得行事真是不方便。
「好了，再來換妳了。妳方才在做什麼？」
「……在煙花巷，大家在歡送得到贖身的娼妓時，都會跳舞。而今日跳舞用的衣裳送來了。」
其實貓貓真正想歡送的，是寄衣裳給她的娼妓。是梅梅一直陪不擅長記舞步的貓貓練到最後，她一遍又一遍地叮嚀：「當我離開時，妳一定要跳喲。」

壬氏盯著貓貓的臉瞧。

「總管有何見教？」

「沒有，只是沒想到妳會跳舞。」

「作為基本才藝之一逼小女子練的，只是沒好到能在客人面前表演。」

即使如此，在祝賀贖身之時，有時還是會找她來湊人數。貓貓如此說完後，壬氏將目光轉向遙遠的煙花巷。

「外頭都在傳這件事，說那個怪人要為娼妓贖身。」

「可想而知。」

「他還順便遞了休假申請，好像打算休息個最少十天。」

「真會給人找麻煩。」

然後，明日想必會出現更多傳聞。雖不知道他花了多少買花錢，不過看那張燈結綵的盛大場面，與隨便一個娼妓的贖身絕不能同日而語。根據梅梅的信上所說，豈止三天三夜，據說要連辦七天七夜的宴會。

大家想必會議論紛紛，好奇綠青館除了三姬竟然還有那樣的娼妓。

（他應該選梅梅小姐的。）

重病纏身的那個女人想必活不久了。她沒有過去的記憶，只會像個女童般唱歌，擺擺圍棋的棋子而已。

老鴇一直把那個女人藏起來，卻被那個男人找到了。

（要是沒找到該有多好。）

這麼一來，好性情的小姐一定會盡心服侍夫君。美貌尚未衰退又富有涵養的梅梅，必定會成為一位賢內助。

（真是位好事的小姐。）

是梅梅頭一個讓老鴇厭惡的那個男人進房間。起初她或許是看到怪人一直追著貓貓跑，沒辦法才讓他進房間的。

他即使進了房間，也沒有做什麼，只是問問關於貓貓與生下她的女子的事罷了。

男人不時會坐在圍棋棋盤前面，但不曾與梅梅對弈。聽說他只是回想起舊時的對弈紀錄，然後反反覆覆地排出棋局罷了。

這些是梅梅說的，貓貓不知道那個男人實際上是如何。也許她只是顧慮到貓貓的心情而已。

貓貓覺得是或不是都無妨，假如梅梅能讓那個男人贖身，一定會很高興。先不論個性如何，那人錢倒是夠多，小姐不會過到苦日子。

那男的到底是不滿意這麼好的小姐的哪一點？
「話說回來，他究竟是為誰贖了身？」
雖說是約定，但壬氏似乎沒想到羅漢會這麼鑼鼓喧天地為人贖身。他簡直像變了一個人，讓壬氏也大吃一驚。
「是啊，會是誰呢？」
「妳知道是誰？」
對於壬氏的詢問，貓貓只是閉起眼睛。
「妳應該知道吧？」
「無論是何種美女都比不上壬總管的。」
「妳答非所問嘛。」
（比不上你這點不否認就是了？）
不光是壬氏，宮中……不，整個京城必定是鬧得沸沸揚揚。得到贖身的娼妓一定會妝點得華美豔麗，但絕不會現於人前。
只是，只有傳聞會越傳越大，好奇究竟是哪位美女贏得了那個怪人的心。
（一切都如了老鴇的意。）
短期間內，綠青館的傳聞一定會不絕於耳。可以想見官僚必定會覺得有趣，去敲青樓的大門。

可能是因為很久沒跳舞了，全身都在發熱。特別是腳上發麻發脹，貓貓一看，衣裙染成了一片鮮紅。

「嗚喔！」

貓貓大叫一聲，捏起了衣裙。

「妳……妳在搞什麼啊！」

壬氏尖著嗓子怪叫。

貓貓看看左腳，臉孔扭曲了。發麻發脹的灼熱現在才變成痛楚爆發開來。貓貓因為作藥物實驗而習慣了痛楚，痛覺早已變得遲鈍了。

她以為左腳的傷已經完全癒合，想不到剛才那一下，又讓傷口整個裂開來了。

「啊——裂開了。」

「不是一句話裂開了就沒事了吧！」

「沒事，小女子馬上縫起來。」

貓貓在脫掉的上衣裡翻找，拿出了消毒用的酒精與針線。

「怎麼準備得這麼齊全啊！」

「未雨綢繆嘛。」

貓貓正要把針噗滋一下刺進腳上時，壬氏把針搶走了。

「壬總管，這樣我不能縫。」

「不要在這裡縫！」

他一說完就把貓貓夾在胳膊下，然後飛快地爬下了沒架梯子的外牆。

貓貓呆住了，連擺動手腳掙扎都做不到。

本來以為下去之後就能重獲自由，沒想到壬氏換了個搬法。

「……為何要換個搬法？」

「方才那個姿勢稍微累了點。」

「那就請把小女子放下去。」

「傷口會擴大的。」

壬氏略嘟著嘴說。壬氏兩手抱著貓貓，由於是面對面，令人尷尬不已。

（到底為什麼要這樣？）

「要是被人瞧見了該如何是好？」

「不會被瞧見的，四下黑暗看不見，況且——」

壬氏把貓貓往上拋了一下重新抱好，以免她掉下去。

「我是第二次這樣搬妳了。」

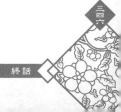

（第二次？哦！）

貓貓想起了腳受傷時的事。她那時昏了過去，不過如果說那時幫忙搬運自己的是壬氏，她可以理解。

這麼一來，就表示貓貓是在那一堆人面前被抱走，不過——

比起這事，貓貓忘了一件更要緊的事。這件事早就該講了卻一直沒講，讓她深感後悔。

貓貓用手巾按住滲血的小腿。

「壬總管，抱歉挑在這種時候，但小女子有件事一直沒機會說。」

「……怎麼了，突然這麼鄭重？」

壬氏顯得有些困惑地對貓貓問。

「是，這件事無論如何都該說。」

「……有話就快說吧。」

壬氏一邊比剛才稍稍放慢步調，一邊回答。

「那麼……」

貓貓盯著壬氏的臉瞧。

「請賜小女子牛黃。」

霎時間，壬氏的頭砸到了貓貓的頭上。砰的一聲，眼睛差點沒迸出火花來。

（竟然冷不防用頭撞人。）

這讓貓貓不禁懷疑，這傢伙搞不好打從一開始就沒打算給餌。

「總管該不會是沒準備吧？」

「休得無禮。」

見貓貓露出疑神疑鬼的眼神，壬氏稍微瞪大眼睛說。

看到宦官的表情千變萬化，貓貓覺得他很孩子氣。

但這樣說起話來比較輕鬆。

貓貓在壬氏的臂彎裡一邊被搖晃著，一邊如此心想。

在位於大陸中央的某個大國，不知是從何處走漏了風聲，傳聞說那裡的一位王公貴人在一心蒐集靈藥。

到了午後的茶會，貓貓才知道壬氏的書房因為塞滿了探病的鮮花而進不去。「是嗎？」貓貓一邊咬著壽桃，一邊提不起勁地說。

〔完〕

公爵千金的本領 1~4 待續

Kadokawa Fantastic Novels

作者：澪亞　插畫：双葉はづき

忙碌工作的大小姐，
「工作」與「戀愛」上都被迫做出選擇！

貴族千金艾莉絲察覺到對汀恩的戀情無法實現之餘，季節進入了社交季。國王倒下，國內分裂成第一王子派與第二王子派鬧成一團，貴族仍在召開派對……在心煩意亂的艾莉絲身邊，鄰國阿卡西亞的使者來訪，要談的是來自第一王子卡迪爾的求婚……！

各 **NT$190~220/HK$58~68**

六號月台迎來春天，而妳將在今天離去。

Kadokawa Fantastic Novels

作者：大澤 めぐみ　插畫：もりちか

為什麼非要等到一切都太遲時，
才能說出最重要的那句話？

茫然憧憬著都會生活的優等生香衣、「理應是」香衣男朋友的隆生、學校裡唯一的不良少年龍輝、為了掩飾祕密而扮演香衣摯友的芹香。四人懷有自卑感、憧憬、情愫和悔恨。在那個車站，心意互相交錯，但人生中僅有一次的高中時光仍持續流逝……

NT$220/HK$75

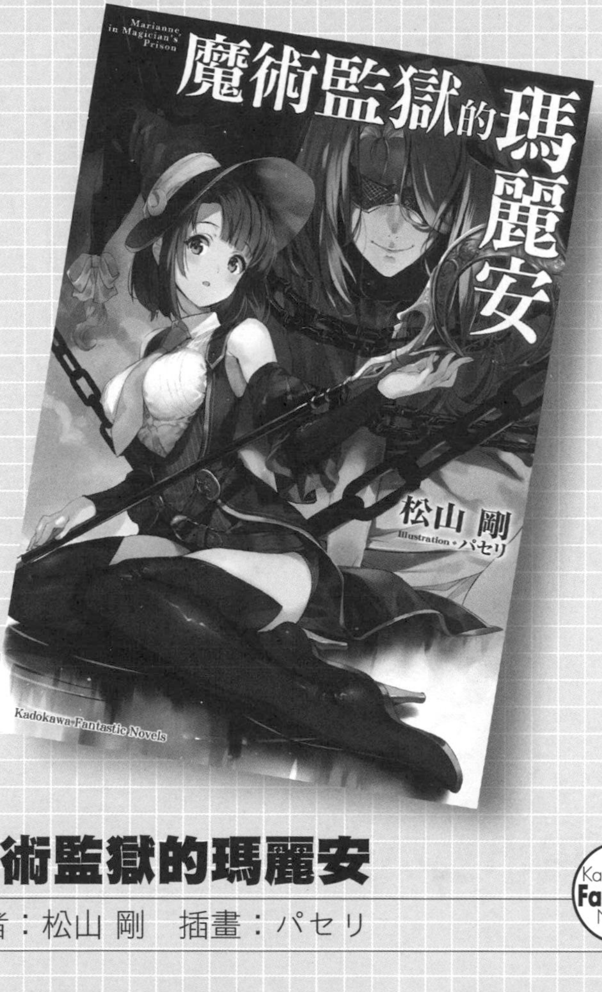

魔術監獄的瑪麗安

Kadokawa Fantastic Novels

作者：松山 剛　插畫：パセリ

少女（刑法官）與罪人（反叛軍）一同踏上旅途……
她將得知何謂「世界的真相」——

在某個「魔術」被視為詛咒並受人忌諱的時代——任職於「瓦塞爾海姆大監獄」的刑法官瑪麗安奉命與被捕的叛亂軍成員——基爾羅亞一起追捕叛亂主謀——雷梅迪奧斯。然而在這段過程中，瑪麗安逐漸發現隱藏在魔術師叛亂背後的「真相」——

NT$240/HK$80

本田小狼與我 1 待續

Kadokawa Fantastic Novels

作者：トネ・コーケン　插畫：博

無依無靠的女孩子，和世上最優秀的機車，
編織出一段友情物語。

小熊就讀於山梨縣高中，舉目無親，也沒有朋友和興趣，這樣的她獲得了一輛中古的Super Cub。初次騎機車上學、沒油、繞路而行——讓她有種進行了小冒險的感覺。一輛Super Cub，讓她的世界綻放了小小的光輝。蔚為話題的「機車×少女」青春小說揭幕！

NT$200/HK$65

國家圖書館出版品預行編目資料

藥師少女的獨語 / 日向夏作 ; 可倫譯. -- 初版. -- 臺北市 : 臺灣角川, 2019.06- 冊 ; 公分 譯自 : 薬屋のひとりごと ISBN 978-957-564-997-5(第2冊 : 平裝) 861.57 108005768

Kadokawa
Fantastic
Novels

薬師少女的獨語 2

（原著名：薬屋のひとりごと 2）

2019年6月5日　初版第1刷發行
2024年3月15日　初版第7刷發行

作　　者：日向夏
插　　畫：しのとうこ
譯　　者：可倫

發 行 人：台灣角川股份有限公司
總　　監：呂慧君
總 編 輯：蔡佩芬
主　　編：林秀儒
編　　輯：邱瓈萱
設計指導：陳晞叡
美術設計：吳佳昀
印　　務：李明修（主任）、張加恩（主任）、張凱棋

發 行 所：台灣角川股份有限公司
地　　址：104台北市中山區松江路223號3樓
電　　話：（02）2515-3000
傳　　真：（02）2515-0033
網　　址：www.kadokawa.com.tw
劃撥帳戶：台灣角川股份有限公司
劃撥帳號：19487412
法律顧問：有澤法律事務所
製　　版：巨茂科技印刷有限公司
ＩＳＢＮ：978-957-564-997-5